Nuova Narrativa Newton

315

Titolo originale: *The Vampire Diaries. Stefan's Diaries: The Return. Midnight*
(Chapters 1-21)

Traduzione dall'inglese di Marialuisa Amodio
Prima edizione: ottobre 2011

Roma, Casella postale 6214

ISBN 978-88-541-3201-6

www.newtoncompton.com

Realizzazione a cura di Massimiliano D'Affronto
Stampato nell'ottobre 2011 da Puntoweb s.r.l., Ariccia (Roma)
su carta prodotta con cellulose senza cloro gas provenienti
da foreste controllate, nel rispetto delle normative ambientali vigenti

Lisa Jane Smith

Il diario del vampiro

Mezzanotte

Newton Compton editori

Ad Anne, che sussurra agli animali.
Grazie alla vera Principessa Jessalyn
E a Louise Beaudry per l'aiuto con il francese

1

Caro diario,
sono così spaventata che riesco a stento a tenere in mano la penna. Scrivo in stampatello anziché in corsivo, perché in questo modo riesco a controllare la grafia.

Ti chiederai di che cosa ho paura. E quando risponderò "di Damon", non mi crederai, non dopo averci visti insieme qualche giorno fa. Ma per capire, devi sapere un paio di cose.

Hai mai sentito la frase "I giochi sono chiusi"?

Significa che tutto può succedere. Tutto. Che anche quelli che calcolano le probabilità e accettano le scommesse potrebbero essere costretti a dare indietro i soldi. Perché nel gioco è apparso un jolly. *Non sei più in grado di calcolare le probabilità e fare una scommessa.*

Ecco a che punto sono. Ecco perché mi sento il cuore in gola e avverto un battito folle nelle tempie, nelle orecchie, persino sulla punta delle dita.

I giochi sono chiusi.

Vedi com'è incerta la mia grafia, anche se scrivo in stampatello? Pensa se mi dovessero tremare le mani in questo modo quando entrerò in camera sua. Potrebbe cadermi il vassoio. Potrei far innervosire Damon. E allora potrebbe succedere di tutto.

Non mi sto spiegando bene. Innanzitutto dovrei dire che siamo tornati: Damon, Meredith, Bonnie e io. Siamo andati nella Dimensione Oscura e ora siamo di nuovo a casa, con una sfera stellata... e Stefan.

Stefan era stato trascinato lì con l'inganno da Shinichi e Misao, fratello e sorella kitsune, i malvagi spiriti-volpe: gli avevano detto che se fosse andato nella Dimensione Oscura avrebbe potuto farsi togliere la maledizione del vampirismo e sarebbe ridiventato umano.

Mentivano.

L'avevano lasciato in una prigione schifosa, senza cibo, luce e calore... finché si era ridotto in punto di morte.

Ma Damon, che all'epoca era molto diverso, ha accettato di farci da guida e di aiutarci a trovarlo. Oh, la Dimensione Oscura: non proverò nemmeno a descriverla. Quel che conta è che finalmente avevamo trovato Stefan e che, recuperata la doppia chiave-volpe, dovevamo liberarlo. Ma era uno scheletro, poverino. L'abbiamo portato fuori dalla prigione sul suo pagliericcio, che più tardi Matt ha bruciato; era infestato da bestioline di ogni genere. Quella notte, gli abbiamo fatto un bagno e l'abbiamo messo a letto... e poi l'abbiamo nutrito. Sì, con il nostro sangue. Tutti tranne la signora Flowers, che era occupata a preparare impiastri da applicare sui punti in cui le sue povere ossa quasi uscivano dalla pelle.

L'avevano affamato fino a ridurlo in quello stato! Potrei ucciderli con le mie mani, o con i Poteri delle mie Ali, se solo sapessi usarle come si deve. Ma non posso. So che c'è un incantesimo per le *Ali della Distruzione*, ma non so come evocarlo.

Perlomeno ho avuto modo di vedere come Stefan sia rifiorito grazie a una dieta a base di sangue umano. (Ammetto di avergliene dato un po' di più di quanto fosse previsto dalla sua "cartella clinica", e dovrei essere un'idiota per non sapere che il mio sangue è diverso da quello delle altre persone. È molto più ricco e gli ha fatto un mondo di bene).

E così Stefan si è ripreso abbastanza da poter scendere con le sue gambe, il giorno dopo, per ringraziare la signora Flowers delle sue pozioni!

Noi altri, comunque – gli umani, intendo – eravamo completamente esausti. Non ci siamo nemmeno chiesti cosa fosse successo al bouquet, perché non sapevamo che avesse qualcosa di speciale. Ce l'aveva dato una specie di kitsune bianco quando stavamo per lasciare la Dimensione Oscura. Stava nella cella di fronte a quella di Stefan prima che riuscissimo a far evadere tutti. Era così bello! Non avrei mai immaginato che un kitsune potesse essere gentile. Eppure lui ha dato quei fiori a Stefan.

Comunque, quella mattina Damon era già in piedi. Di certo non poteva contribuire con il proprio sangue, ma sinceramente penso che l'avrebbe fatto se avesse potuto. Era cambiato fino a questo punto.

Ecco perché non capisco il motivo della paura che sento adesso. Come puoi essere terrorizzata da qualcuno che ti ha baciata... e ti ha chiamata "tesoro", "dolcezza" e "principessa"? E che ha riso insieme a te con gli occhi accesi di malizia? E che ti ha abbracciata quando eri spaventata, dicendoti che non c'era niente di cui aver paura, perché lui era lì con te? Qualcuno di cui potevi comprendere i pensieri solo guardandolo negli occhi? Qualcuno che ti ha protetta, senza curarsi di quanto gli sarebbe costato, per giorni e giorni?

Conosco Damon. Conosco i suoi difetti, ma so anche com'è fatto dentro. Lui non è come cerca di far credere alla gente. Non è freddo, arrogante e crudele. Sono maschere che indossa per coprirsi, come dei vestiti.

Il problema è che non sono sicura che lui ne sia consapevole. E in questo momento è molto confuso. Potrebbe cambiare e diventare davvero freddo, arrogante e crudele, a causa della sua confusione.

Ciò che cerco di dire è che, quella mattina, solo Damon era sveglio. Era l'unico ad aver visto il bouquet. Una cosa si può dire con certezza di Damon: è curioso.

Ha aperto tutti i sigilli magici del bouquet, che al centro aveva una rosa nera. Erano anni che Damon cercava di trovare una rosa nera, soltanto per ammirarla, credo. Così quando l'ha vista l'ha annusata... e boom! La rosa è scomparsa!

All'improvviso si è sentito male: era stordito, non riusciva più a sentire gli odori e anche gli altri sensi erano intorpiditi. È stato allora che Sage – oh, non te ne ho ancora parlato, ma è un bel fusto di vampiro, alto e abbronzato, che si è dimostrato un buon amico con tutti noi – gli ha detto di inspirare l'aria, trattenerla e spingerla nei polmoni.

Gli umani devono respirare così, sai.

Non so quanto ci abbia messo Damon a capire di essere davvero un umano, e che era una cosa seria, nessuno poteva farci nulla. La rosa nera era per Stefan; gli avrebbe permesso di realizzare il suo sogno di ridiventare umano. Ma quando Damon si è reso conto che la rosa aveva operato la sua magia su di lui...

In quel momento ho visto che mi guardava e mi considerava alla stessa stregua del resto della mia specie. Una specie che ha finito per odiare e disprezzare.

Da allora non ho più il coraggio di guardarlo negli occhi. So che solo qualche giorno fa mi amava. Non credevo che quell'amore potesse trasformarsi in... be', in tutte le cose che ora prova per se stesso.

Magari penserai che sarebbe facile per Damon diventare di nuovo un vampiro. Ma lui vuole essere il vampiro potente che era una volta... e non c'è nessuno con cui possa scambiare il sangue. Anche Sage è scomparso prima che Damon potesse chiederglielo. Così gli tocca rimanere in quello stato finché non trova un vampiro forte, potente e prestigioso che possa fargli completare l'intero processo della trasformazione.

E ogni volta che guardo negli occhi di Stefan, quegli occhi verdi come gemme, caldi di fiducia e gratitudine, provo terrore. Ho paura che me lo portino di nuovo via, che me lo strappino dalle braccia. E... ho il terrore che scopra i sentimenti che ho cominciato a provare nei confronti di Damon. Non mi ero resa conto di quanto Damon fosse diventato importante per me negli ultimi tempi. E non posso... soffocare... i miei sentimenti... per lui, anche se ora mi odia.

E, sì, maledizione, sto piangendo! Fra un minuto dovrò andare a portargli la cena. Deve essere affamato, ma prima, quando Matt ha provato a portargli qualcosa, gli ha lanciato il vassoio addosso.

Oh, Dio, ti prego, non lasciare che lui mi odi!

Sono un'egoista, lo so: parlo solo di quello che sta succedendo fra Damon e me. Insomma, le cose a Fell's Church vanno sempre peggio. Ogni giorno, sempre più bambini diventano indemoniati e terrorizzano i loro genitori. Ogni giorno, la rabbia dei genitori nei confronti dei figli posseduti aumenta. Non voglio nemmeno pensare a quello che sta succedendo. Se non cambia qualcosa, l'intera città sarà distrutta come l'ultimo posto che Shinichi e Misao hanno visitato.

Shinichi... ha fatto molte profezie sul nostro gruppo, e commenti sui segreti che abbiamo fra noi. Ma la verità è che non voglio sentire la soluzione di nessuno di quegli enigmi.

Da una parte, siamo fortunati. Possiamo contare sull'aiuto della famiglia Saitou. Ti ricordi di Isobel Saitou, la ragazza che si procurava ferite orribili quando era posseduta? Da quando ha cominciato a migliorare, è diventata una buona amica, e anche sua madre, la signora Saitou, e sua nonna, Obaasan. Ci hanno dato degli amuleti. Si tratta di incantesimi scritti su post-it e bigliettini. Siamo davvero grati per il loro aiuto. Un giorno o l'altro, forse, potremo ripagarle.

Elena Gilbert posò la penna controvoglia. Chiudere il diario significava dover affrontare le cose di cui aveva scritto.

Comunque, si fece coraggio e riuscì a scendere in cucina per prendere il vassoio dalla signora Flowers, che le rivolse un sorriso incoraggiante.

Quando si avviò verso il ripostiglio, notò che le mani le tremavano così tanto da far tintinnare i piatti e le posate sul vassoio. Poiché non si poteva accedere al ripostiglio dall'interno, chiunque volesse far visita a Damon doveva uscire dall'ingresso principale e aggirare un vano annesso all'edificio principale vicino al giardino della cucina. *Il covo di Damon*, lo chiamavano.

Attraversando il giardino, Elena guardò di sottecchi la fossa al centro dello spiazzo coltivato ad angelica: era il Portale, ormai spento, che avevano usato per tornare dalla Dimensione Oscura.

Davanti alla porta del ripostiglio esitò. Stava ancora tremando e sapeva che non era il modo giusto per affrontare Damon.

"Rilassati", si disse. "Pensa a Stefan".

Per Stefan era stato un duro colpo scoprire che non era rimasto niente della rosa, ma aveva riacquistato subito la sua naturale umiltà e grazia e, sfiorando la guancia di Elena, aveva detto che solo stare lì con lei lo riempiva di gratitudine. Che quell'intimità era tutto ciò che chiedeva alla vita. Vestiti puliti, cibo decente, *libertà*: erano tutte cose per cui valeva la pena di lottare, ma Elena era la più importante. E lei aveva pianto.

D'altra parte, Elena sapeva che Damon non aveva intenzione di restare com'era. Avrebbe fatto qualsiasi cosa, rischiato tutto... per trasformarsi di nuovo.

In realtà era stato Matt a suggerire la sfera stellata come soluzione per la condizione di Damon. Matt non aveva capito niente né della rosa né della sfera, finché non gli avevano illustrato le caratteristiche di una sfera stellata in particolare, probabilmente appartenuta a Misao. La sfera, che conteneva la maggior parte del suo potere, diventava più luminosa quando assorbiva le vite delle persone uccise dalla kitsune. La rosa nera probabilmente era stata creata con un liquido proveniente da una sfera stellata simile, ma nessuno sapeva quanto ne fosse stato usato o se fosse stato unito ad altri ingredienti. Matt aveva aggrottato la fronte e aveva detto che se una rosa era riuscita a trasformare un vampiro in un essere umano, forse una sfera stellata avrebbe potuto tramutare un essere umano in un vampiro.

Si erano subito diretti tutti verso la sfera stellata carica di Potere, dall'altra parte della stanza. Elena non era stata l'unica a notare il modo in cui Damon aveva lentamente alzato la testa e li aveva guardati, con uno strano luccichio negli occhi.

Le era sembrato quasi di sentire il suo ragionamento. Forse Matt era del tutto fuori strada... Ma c'era solo un posto in cui un umano poteva essere sicuro di trovare dei vampiri potenti: la Dimensione Oscura. E c'era un Portale proprio nel giardino della pensione. Ma al momento era chiuso... per mancanza di Potere.

Diversamente da Stefan, Damon non avrebbe avuto alcun rimorso per quel che sarebbe successo se avesse dovuto usare tutto il liquido della sfera stellata, provocando la morte di Misao. Dopotutto, lei era una delle due volpi che avevano lasciato Stefan nelle mani dei suoi torturatori.

Dunque, i giochi erano chiusi.

"D'accordo, sei spaventata; *ora affronta le tue paure*", si impose Elena. Damon era in quella stanza da quasi cinquanta ore ormai, e chissà cosa stava tramando per impadronirsi della sfera stellata. Tuttavia, qualcuno doveva pur portargli da mangiare. E quando si dice "qualcuno", bisogna ammetterlo, si intende sempre se stessi.

Elena era rimasta di fronte alla porta così a lungo che le ginocchia avevano cominciato a irrigidirsi. Fece un respiro profondo e bussò.

Non giunse risposta e dall'interno non veniva nessuna luce. Damon era umano. Si era fatto piuttosto buio fuori.

«Damon?». Doveva essere un grido, nelle sue intenzioni. Ma le uscì un sussurro.

Nessuna risposta. Nessuna luce.

Elena deglutì. *Doveva* essere lì.

Bussò più forte. Niente. Alla fine provò ad abbassare la maniglia. Con orrore scoprì che la porta non era chiusa a chiave e la spalancò, svelando un interno buio come la notte, che l'avvolse simile alle fauci di un abisso.

Le venne la pelle d'oca.

«Damon, sto entrando», riuscì a dire con un filo di voce, come per convincersi, restando calma, che là dentro non c'era nessuno. «Resterò al limite del cono di luce della veranda. Non vedo niente, quindi hai tutti i vantaggi. Ho un vassoio in mano con del caffè bollente, dei biscotti e una bistecca alla tartara, senza condimenti. Dovresti riuscire a sentire l'odore del caffè».

Era strano, comunque. I suoi sensi le dicevano che non c'era nessuno di fronte a lei, ad aspettare che lei gli sbattesse contro. "Va bene", pensò. "Cominciamo a piccoli passi. Primo passo. Secondo passo. Terzo... Ormai dovrei essere al centro della stanza, ma è ancora troppo buio per vedere qualcosa. Quarto passo..."

Un braccio robusto venne fuori dall'oscurità e l'afferrò per la vita con una stretta d'acciaio, premendole un coltello alla gola.

Elena vide una macchia nera striata di grigio e poi fu avvolta dalla completa oscurità.

2

Elena doveva aver perso i sensi solo per pochi secondi. Quando rinvenne, tutto era come prima, anche se si chiese come avesse fatto a non tagliarsi la gola con il coltello.

Sapeva che il vassoio con i piatti e le tazze era volato da qualche parte nell'oscurità quando, presa alla sprovvista, aveva istintivamente gettato le braccia in fuori. Ma ormai aveva riconosciuto la stretta, l'odore, e aveva capito il motivo del coltello. Era felice di averlo capito, perché non era per niente fiera di svenire, come non lo sarebbe stato Sage. Lei non era una di quelle che svengono al minimo spavento!

Voleva abbandonarsi fra le braccia di Damon, evitando il coltello magari, per dimostrargli di non essere una minaccia.

«Ciao, principessa», le sussurrò nell'orecchio una voce simile al velluto nero. Elena sentì un brivido... ma non di paura. No, piuttosto sembrava che il suo cuore si stesse sciogliendo. Ma lui non allentò la presa.

«Damon...», disse lei con voce roca. «Sono qui per aiutarti. Per favore, lasciamelo fare. Per il tuo bene».

Con la stessa irruenza con cui l'aveva presa, Damon allentò la stretta d'acciaio sulla sua vita e ritrasse il braccio. Elena non sentiva più la pressione della lama sulla carne, ma la sensazione della punta aguzza che le pizzicava la gola bastava a ricordarle che Damon era pronto ad attaccarla di nuovo. Il coltello era un surrogato dei canini.

Si sentì un clic e all'improvviso la stanza fu inondata di luce.

Elena si girò lentamente a guardare Damon. Anche così pallido, smagrito per il digiuno e con i vestiti in disordine, era talmente bello che Elena si sentì mancare. I capelli neri che ricadevano spettinati sulla fronte; i lineamenti scolpiti e perfetti; la bocca arrogante e sensuale, in quel momento serrata in una linea dura...

«Dov'è, Elena?», chiese bruscamente. Non cosa. *Dove*. Sapeva che lei non era stupida e che gli altri, lì alla pensione, gli stavano deliberatamente nascondendo la sfera stellata.

«È tutto ciò che hai da dirmi?», mormorò Elena.

Vide che il suo sguardo si addolciva. Damon sembrava confuso, e fece un passo verso di lei, come per istinto, ma un istante dopo tornò a guardarla torvo. «Dimmelo e forse, dopo, avrò qualcos'altro da dirti».

«Capisco... Be', dunque, un paio di giorni fa abbiamo stabilito un metodo», disse con tranquillità Elena. «Facciamo un'estrazione a sorte. Chi estrae il biglietto con la X prende la sfera dal centro del tavolo della cucina e tutti gli altri tornano nelle loro stanze finché non l'ha nascosta. Io non ho vinto oggi, quindi non so dove sia la sfera stellata. Ma puoi... perquisirmi, se vuoi». Elena rabbrividì mentre pronunciava quelle parole, sentendosi sciocca, impotente e vulnerabile.

Damon si avvicinò e le fece scivolare lentamente una mano fra i capelli. Avrebbe potuto sbatterle la testa contro il muro o farla volare per la stanza. Oppure stringerle il collo fra la mano e il coltello fino a tagliarle la testa. Elena sapeva che, nello stato d'animo in cui era, lui avrebbe benissimo potuto sfogare le proprie emozioni su un umano, tuttavia non reagì. Non disse nulla. Damon rimase solo lì a guardarla negli occhi.

Poi si chinò lentamente verso di lei e le sfiorò le labbra con un bacio. Molto tenero. Elena si lasciò andare, chiuse gli occhi. Ma un attimo dopo Damon indietreggiò e ritrasse la mano dai suoi capelli.

Fu allora che Elena ripensò alla fine che aveva fatto il cibo che gli aveva portato. Il caffè bollente, a quanto pareva, le era schizzato sulla mano e sul braccio, e le aveva inzuppato i jeans sulla coscia. La tazza e il piattino giacevano a pezzi sul pavimento. Il vassoio e i biscotti erano finiti dietro una sedia. Il piatto con la bistecca alla tartara, comunque, era miracolosamente atterrato sul divano, nel verso giusto. Le posate erano sparse dappertutto.

Elena abbassò la testa e le spalle, impaurita e addolorata. Era quello il suo immediato destino: vivere sopraffatta dalla paura e dal dolore. Non era una frignona, ma in quel momento non riuscì a trattenere le lacrime.

"Dannazione!", pensò Damon.

Era *lei*. Elena. Si era convinto che un avversario lo stesse spiando, che uno dei suoi tanti nemici lo avesse rintracciato e gli stesse preparando una trappola... Qualcuno che aveva scoperto che ormai era debole come un bambino.

Non gli era nemmeno passato per la testa che potesse essere lei, fino a quando non aveva stretto il suo corpo morbido con un braccio e con l'altro non le aveva premuto alla gola una lama liscia come il ghiaccio, mentre annusava il profumo dei suoi capelli.

Poi aveva acceso la luce e aveva visto ciò che aveva già intuito. Incredibile! Non l'aveva riconosciuta. Era fuori in giardino quando aveva visto aprirsi la porta del ripostiglio e si era accorto che dentro c'era un intruso. Ma con i sensi indeboliti non era riuscito a capire chi fosse.

Nessuna scusa poteva nascondere i fatti. Aveva ferito e spaventato a morte Elena. Le aveva fatto del male. E invece di scusarsi aveva cercato di estorcerle la verità per soddisfare i propri desideri egoistici.

E ora, quella gola...

I suoi occhi furono attratti dalla sottile linea di goccioline rosse sulla gola di Elena nel punto in cui il coltello l'aveva ferita quando era sobbalzata per la paura prima di caderci sopra. Era svenuta? Sarebbe potuta morire proprio lì, fra le sue braccia, se non fosse stato abbastanza veloce ad allontanare il coltello.

Continuava a dirsi che non aveva paura di lei. Che non aveva ancora messo via il coltello solo perché era sovrappensiero. Non ne era convinto.

«Ero qui fuori. Sai quanto è debole la vista di *noi umani*?», disse, consapevole di sembrare indifferente, per niente pentito. «È come essere sempre avvolti nel cotone, Elena: non possiamo vedere, non possiamo odorare, non possiamo sentire. Ho i riflessi di una tartaruga e sto morendo di fame».

«Allora perché non assaggi il mio sangue?», chiese Elena, con un tono inaspettatamente calmo.

«Non posso», rispose Damon, cercando di non guardare la deliziosa collana vermiglia che le fluiva lungo il collo bianco e snello.

«Mi sono già tagliata», disse Elena, e Damon pensò: "Si è tagliata?". Santi numi, quella ragazza era impagabile: parlava come se avesse avuto un piccolo incidente in cucina.

«Così possiamo vedere che sapore ha per te il sangue umano adesso», disse.

«No».

«So che lo vuoi. So che ne sei consapevole. Ma non abbiamo molto tempo. Il mio sangue non scorrerà per sempre. Oh, Damon! Dopotutto... appena la settimana scorsa...».

La stava guardando da troppo tempo, lo sapeva. Non fissava solo il sangue, ma la sua gloriosa bellezza dorata. Era come se il figlio di un raggio di sole e di un raggio di luna fosse entrato nella stanza e l'avesse immerso in un bagno di luce.

Con un sibilo, socchiudendo gli occhi, Damon afferrò le braccia di Elena. Si aspettava che lei si ritraesse d'istinto, come quando l'aveva presa alle spalle. Ma lei non accennò a voler indietreggiare. Invece scorse qualcosa di simile al guizzo di una fiamma di desiderio nei suoi selvaggi occhi color malachite. Elena dischiuse involontariamente le labbra.

Sapeva che si trattava di un riflesso involontario. Aveva avuto molti anni per studiare le reazioni delle ragazze. Conosceva il significato di uno sguardo che si posava sulle labbra prima di sollevarsi sugli occhi.

"Non posso baciarla di nuovo. Non posso. Dimostro una debolezza umana se mi lascio influenzare così da lei. Lei non capisce cosa vuol dire essere così giovane e così incredibilmente bella. Un giorno o l'altro lo imparerà. In realtà, potrei insegnarglielo io adesso".

Come se potesse sentirlo, Elena chiuse gli occhi. Lasciò cadere indietro la testa e all'improvviso Damon si ritrovò a sostenere il suo peso. Si era abbandonata a lui, perdendo ogni controllo di se stessa, dimostrando che, nonostante tutto, si fidava ancora di lui e che ancora...

Ancora lo amava.

Lui stesso non sapeva cosa avesse intenzione di fare mentre si chinava su di lei. Era affamato. La fame lo straziava come gli artigli di un lupo. Lo faceva sentire stordito, confuso, fuori controllo. In mezzo millennio di vita aveva imparato a credere che l'unica cosa che potesse mitigare la fame fosse la fontana cremisi di un'arteria tagliata. Alcune voci oscure, che forse provenivano dalla stessa Corte Infernale, gli sussurravano che poteva fare quello che facevano alcuni vampiri: squarciare una gola come un lupo mannaro. La carne calda poteva mitigare la fame di un umano. Cosa avrebbe fatto così vicino alle labbra di Elena e alla sua gola sanguinante?

Due lacrime scivolarono lungo le ciglia nere e le rigarono la guancia prima di cadere sui capelli dorati. Damon ne assaggiò una senza pensare.

Era ancora vergine. Be', c'era da aspettarselo; Stefan era ancora troppo debole per stare in piedi. Ma dopo quel pensiero cinico vide un'immagine che tradusse in poche parole: pura come la neve immacolata.

All'improvviso sentì un altro tipo di fame, e di sete. L'unica cosa che avrebbe potuto alleviare quel bisogno era lì vicino. La cercò con urgenza disperata e trovò le labbra di Elena. E poi perse ogni controllo. Quello di cui aveva bisogno era lì. Elena fu percorsa da un brivido, ma non lo respinse.

In quell'intimità, si sentì immerso in un'aura dorata come i capelli di cui stava sfiorando le punte. Si rallegrò quando la sentì rabbrividire di piacere e si accorse di poter percepire i suoi pensieri. Lei li proiettava con forza, e la telepatia era l'unico Potere che gli era rimasto. Non aveva idea del motivo per cui ce l'avesse ancora, sapeva solo che non l'aveva perso. E in quel momento voleva sintonizzarsi su Elena.

Quella ragazza non stava pensando affatto! Gli aveva offerto la gola, si era data completamente a lui, smettendo di pensare a tutto tranne che alla propria volontà di aiutarlo, di soddisfare i suoi desideri. Ed era intrappolata nel bacio a tal punto che non riusciva a elaborare piani. Non era una condizione normale per lei.

"È innamorata di te", disse una piccola parte di lui che era ancora in grado di pensare.

"Non l'ha mai detto! Lei ama Stefan!", rispose una parte più viscerale.

"Non c'è bisogno che lo dica. Te lo sta mostrando. Non fingere di non essertene mai accorto!"

"Ma Stefan..."

"Sta forse pensando a Stefan in questo momento, almeno un po'? Ha aperto le braccia alla tua fame da lupo. Non si tratta di un rapporto occasionale, di un breve pasto, nemmeno di una donatrice fissa. È *Elena*".

"Allora mi sono approfittato di lei", si disse. "Se è innamorata, non può difendersi. È ancora una bambina. Devo fare qualcosa".

I baci stavano tacitando quasi del tutto la già flebile voce della ragione. Elena non sembrava più in grado di resistere. Lui era indeciso se farla distendere da qualche parte o darle la possibilità di andarsene.

Elena! Elena! Dannazione, so che puoi sentirmi. Rispondi!

Damon?, chiese lei debolmente con il pensiero. *Oh, Damon, ora capisci...?*

Benissimo, mia principessa. Ti ho Influenzata, quindi credo di capire.

Tu...? No, stai mentendo!

Perché dovrei mentire? Per qualche motivo la mia telepatia è più forte che mai. I miei desideri non sono cambiati. Ma tu dovresti pensarci un minuto, sei ancora vergine. Non ho bisogno di bere il tuo sangue. Sono umano e adesso ho una fame terribile. Ma non di quello schifo di hamburger al sangue che mi hai portato.

Elena si allontanò. Damon la lasciò andare.

«Penso che tu stia mentendo», ripeté ad alta voce, guardandolo dritto negli occhi, con la bocca gonfia di baci.

Damon le chiuse il suo cuore, impedendole di vedere il macigno di segreti che si trascinava dietro. Le rivolse con i suoi occhi d'ebano il più indecifrabile degli sguardi. «Perché dovrei mentire?», chiese. «Stavo solo pensando che meriteresti la possibilità di fare la tua scelta. O hai già deciso di lasciare il mio fratellino ora che è fuori uso?».

Elena alzò la mano di scatto, ma poi la lasciò cadere. «Sei abituato a Influenzarmi», disse con amarezza. «Non sono in me. Non abbandonerei mai Stefan, soprattutto ora che ha bisogno di me».

Eccolo il fuoco che ardeva al centro del suo cuore, la bruciante verità d'oro. Ora poteva sedersi e lasciarsi rodere dall'amarezza, mentre quello spirito puro seguiva la sua coscienza.

Pensava questo e già sentiva la mancanza della sua luce abbagliante che si affievoliva, quando si accorse di non avere più il coltello. Un istante dopo, con un gesto più rapido del senso di orrore che lo assalì, le strappò di mano la lama, allontanandola dalla sua gola. L'esplosione telepatica che seguì fu del tutto spontanea.

Che diamine stai facendo? Ti vuoi uccidere per quello che ho detto? Questa lama è affilata come un rasoio!

«Stavo solo facendo un taglietto», balbettò Elena.

«Ti sei quasi fatta un taglietto che avrebbe lanciato uno schizzo alto due metri!». Almeno riusciva di nuovo a parlare, nonostante il senso di costrizione alla gola.

Anche Elena si sentiva di nuovo su un terreno stabile. «Te l'ho detto: so che sei consapevole di dover provare il sangue prima di tentare di mangiare qualcosa. Credo che mi stia uscendo di nuovo dal collo. Non lo sprecare stavolta».

Gli stava solo dicendo la verità. Perlomeno non si era ferita gravemente. Damon vide il sangue fresco sgorgare dal nuovo taglio che si era procurata in maniera così sconsiderata. Sprecarlo sarebbe stato stupido.

In modo del tutto spassionato, Damon la prese di nuovo per le spalle. Le sollevò il mento per guardarle il collo morbido e affusolato. Il sangue sgorgava da diverse ferite vermiglie.

Mezzo millennio d'istinto gli disse che il nettare e l'ambrosia erano proprio lì. Lì erano il nutrimento, il riposo e l'euforia. Proprio lì dove aveva appena posato le labbra, dopo essersi chinato su di lei una seconda volta… doveva solo assaggiare… bere…

Damon rialzò la testa, si sforzò di deglutire, determinato a non sputare. Non era… Non era del tutto rivoltante. Riuscì a capire il modo in cui gli umani potevano godere della loro appartenenza al regno animale, pur con quei sensi degenerati. Ma quella roba che sapeva di minerali e tendeva a coagularsi, non era sangue… non aveva nessuno dei dolci, vellutati, revitalizzanti, ineffabili attributi del sangue, né aveva i suoi infiniti profumi e la sua inebriante ricchezza.

Sembrava uno scherzo di cattivo gusto. Fu tentato di mordere Elena, di farle scorrere leggermente i canini sulla carotide, per farle soltanto un taglietto, così avrebbe potuto assaggiare il piccolo fiotto caldo che sarebbe esploso contro il suo palato, solo per fare un paragone, per essere sicuro che il sangue vero era là dentro, da qualche parte. In realtà era più che tentato; la stava già mordendo. Ma non uscì sangue.

Si fermò a riflettere. Le aveva procurato una lesione… Be', più che altro sembrava un graffietto. Non aveva neppure scalfito l'epidermide.

Denti smussati.

Damon premette la lingua sui canini, sperando che si allungassero, desiderando con tutta la sua anima frustrata e rattrappita che diventassero aguzzi.

E… niente. Non accadde *nulla*. D'altronde era tutto il giorno che ci provava. Affranto, lasciò andare la testa di Elena.

«Tutto qui?», chiese lei, dubbiosa. Ce la stava mettendo tutta per mostrarsi coraggiosa con lui! Povera anima candida, condannata a un amante demoniaco. «Damon, puoi riprovarci, se vuoi», gli disse. «Puoi mordere più forte».

«Non funziona», disse brusco. «Sei inutile…».

Elena quasi cadde a terra. Lui la sorresse mentre le ringhiava nell'orecchio. «Sai cosa volevo dire. O preferisci essere la mia cena piuttosto che la mia principessa?».

Elena si limitò a scuotere la testa in silenzio. Si abbandonò fra le sue braccia, posandogli la testa sulle spalle. Non c'era da meravigliarsi che avesse bisogno di riposare dopo tutto quel che le aveva fatto passare. Ma il fatto che lei trovasse conforto sulla sua spalla… era al di là della sua comprensione.

Sage! Damon inviò quel pensiero rabbioso su tutte le frequenze alle quali aveva accesso, così come aveva fatto per tutto il giorno. Se solo fosse riuscito a trovare Sage, avrebbe risolto tutti i suoi problemi. *Sage*, chiese, *dove sei?*

Nessuna risposta. Per quel che ne sapeva, Sage era riuscito a far funzionare il Portale per la Dimensione Oscura che si trovava tuttora, senza energia e inutile, nel giardino della signora Flowers. Costringendo Damon ad arenarsi lì. Sage era sempre veloce come un fulmine quando si trattava di defilarsi.

E perché se n'era andato?

Una convocazione a corte? Talvolta gli capitava di essere convocato. Dall'Angelo Caduto, che viveva nella Corte Infernale, nel girone più basso della Dimensione Oscura. E quando veniva convocato, Sage era tenuto a interrompere qualsiasi conversazione o effusione amorosa, qualsiasi cosa stesse facendo e a recarsi immediatamente in quella dimensione. Finora era sempre stato puntuale, Damon lo sapeva. Altrimenti non sarebbe stato ancora vivo.

Il pomeriggio della catastrofica indagine di Damon sul bouquet, Sage aveva lasciato un educato messaggio sulla mensola del caminetto, per ringraziare la signora Flowers dell'ospitalità e informarla che lasciava il suo gigantesco cane, Saber, e il suo falco, Talon, a protezione della casa... Un messaggio senza dubbio preparato in anticipo. Se n'era andato come al solito, imprevedibile come il vento, senza salutare. Di certo aveva pensato che Damon sarebbe venuto facilmente a capo del problema da solo. C'erano diversi vampiri a Fell's Church. Ce n'erano sempre stati. Le linee energetiche di Potere puro nel terreno li attiravano anche nei tempi normali.

Il problema era che in quel momento tutti i vampiri erano infestati dai *malach*, dei parassiti controllati dai malvagi spiriti-volpe. Non potevano essere più in basso di così nella gerarchia dei vampiri.

E naturalmente con Stefan non avrebbe avuto nessuna possibilità di successo. Anche se non fosse stato tanto debole da rischiare la morte nel tentativo di trasformarlo in vampiro, anche se Damon fosse riuscito a farsi perdonare per "avergli rubato l'umanità", Stefan non sarebbe mai stato d'accordo, perché era convinto che il vampirismo fosse una maledizione.

Gli umani non erano a conoscenza di cose come la gerarchia dei vampiri perché l'argomento non li riguardava... finché tutt'a un tratto se ne interessavano, di solito perché erano appena stati trasformati in vampiri. Si trattava di una gerarchia rigida, dai gradi più bassi e ininfluenti all'aristocrazia con i canini appuntiti. Gli Antichi rientravano in questa categoria, ma potevano farvi parte anche i vampiri particolarmente illustri e potenti.

Damon voleva che a trasformarlo fosse una donna di quelle che conosceva Sage, ed era deciso a convincere l'amico a trovargli una signora vampira di classe, che fosse davvero degna di lui.

Altri pensieri lo tormentavano, tanto che aveva passato due notti insonni a rimuginarci sopra. Era possibile che il kitsune bianco che aveva dato il bouquet a Stefan avesse ideato una rosa in grado di far diventare umano il primo vampiro che l'avesse annusata *in modo permanente*? Sarebbe stato il sogno più grande di Stefan.

La volpe bianca aveva ascoltato per giorni e giorni gli sproloqui di Stefan, no? Aveva visto Elena piangere per lui. Aveva visto i due piccioncini insieme, aveva osservato Elena che nutriva con il proprio sangue il moribondo Stefan attraverso il filo spinato. Solo la Sorte sapeva che idea si fosse fatta quella volpe, nella sua candida testolina pelosa, quando aveva preparato la rosa che aveva "curato" la "maledizione" di Damon...

Se Sage fosse risultato irraggiungibile...

All'improvviso si riscosse dai suoi pensieri: Elena aveva freddo. Era strano, perché quella notte faceva caldo, ma lei era scossa da violenti brividi. Aveva bisogno della sua giacca o...

"Non ha freddo", disse una vocina dentro di lui. "E non sta rabbrividendo. Sta tremando per tutto quello che le hai fatto passare".

Elena?

Ti sei completamente dimenticato di me. Continuavi ad abbracciarmi, ma ti eri dimenticato del tutto della mia esistenza...

Magari, pensò lui con amarezza. *Hai marchiato a fuoco la mia anima.*

Damon si infuriò all'improvviso, ma si trattava di una rabbia diversa da quella provava per i kitsune, per Sage e per il mondo intero. Era un sentimento che gli strinse la gola e gli fece sentire un senso di oppressione al petto.

Un sentimento che lo spinse a prendere la mano ustionata di Elena, che si stava rapidamente coprendo di macchie scarlatte, per esaminarla. Sapeva cosa avrebbe fatto quando era un vampiro: avrebbe carezzato le bruciature con la sua lingua fredda e setosa, producendo le sostanze chimiche che avrebbero accelerato la guarigione. E ora, invece, non poteva far niente.

«Non fa male», disse Elena. Riusciva a stare in piedi ora.

«Stai mentendo, principessa», rispose lui. «I lati interni delle tue sopracciglia sono sollevati. Significa che provi dolore. E hai il battito accelerato...»

«Puoi sentirlo senza toccarmi?»

«Posso vederlo, sulle tempie. I *vampiri*», disse ponendo un'enfasi maliziosa su quello che sentiva di essere ancora nel suo intimo, «notano dettagli del genere. Ti sei fatta male per colpa mia. E non posso fare niente per aiutarti. Inoltre», scrollò le spalle, «sei una bellissima bugiarda. Per quanto riguarda la sfera stellata, intendo».

«Riesci sempre a percepire quando sto mentendo?»

«Angelo mio», disse lui con un tono stanco, «è facile. O sei tu la fortunata custode della sfera stellata oggi... oppure sai chi è».

Elena abbassò di nuovo la testa, sgomenta.

«Oppure», disse Damon in tono leggero, «l'intera storia dell'estrazione a sorte era una bugia».

«Pensa ciò che ti pare», disse Elena, riacquistando un po' del suo carattere focoso. «E cerca anche di dare una pulita a questo macello».

Appena si voltò per andarsene, Damon ebbe una rivelazione. «La signora Flowers!», esclamò.

«Sbagliato», disse secca Elena.

Elena, non stavo parlando della sfera stellata. Ti do la mia parola su questo. Sai quanto è difficile mentire con la telepatia...

Sì, e so che per questo, se c'è una cosa al mondo di cui sei un... esperto...

Non riuscì a completare la frase. Non poteva fargli la ramanzina. Elena sapeva quanto fosse importante, per Damon, la parola data.

Non ti dirò mai dov'è, gli disse telepaticamente. *E ti giuro che non lo farà nemmeno la signora Flowers.*

«Ti credo, ma andremo a trovarla comunque».

Sollevò Elena con facilità e scavalcò i frammenti della tazza e del piattino. Elena gli strinse le braccia al collo di riflesso, per mantenere l'equilibrio.

«Tesoro, ma che fai...?», strillò lei, poi tacque di colpo, spalancò gli occhi e si portò alla bocca le due dita ustionate.

In piedi, sul vano della porta, a non più di due metri da loro, c'era la piccola Bonnie McCullough, con in mano una bottiglia di Black Magic, vino analcolico ma misticamente inebriante. Appena Elena la guardò, il volto di Bonnie cambiò in un batter d'occhio. Era arrivata felice e trionfante. Ora era sconvolta. Aveva un'espressione di incredulità che non riusciva a nascondere. Elena sapeva esattamente ciò che stava pensando. A casa tutti si stavano prodigando per far sentire Damon a proprio agio... mentre lui rubava ciò che apparteneva di diritto a Stefan: Elena. Per di più aveva mentito sul non essere più un vampiro. Ed Elena non lo stava nemmeno respingendo. Lo chiamava "tesoro"!

Bonnie lasciò cadere la bottiglia, si girò e corse via.

3

Damon saltò. A un certo punto, circa a metà del salto, Elena si sentì abbandonata alla forza di gravità. Cercò di raggomitolarsi in modo da cadere sui glutei, per attenuare l'impatto.

Ciò che successe fu strano, quasi miracoloso. Cadde seduta sul divano accanto al piatto di bistecca alla tartara. Il piatto fece un piccolo salto, di circa tre o quattro centimetri, e poi tornò dov'era.

Elena fu anche abbastanza fortunata da avere una visuale perfetta dell'eroico salvataggio, ovvero di Damon che si tuffava sul pavimento per afferrare la preziosa bottiglia di Black Magic poco prima che cadesse a terra e si rompesse. Forse non aveva più i riflessi fulminei di un vampiro, ma era ancora molto più veloce di un comune essere umano. Saltare con una ragazza in braccio, posarla su qualcosa di soffice, trasformare il salto in un tuffo e afferrare una bottiglia all'ultimo momento, poco prima che cadesse. Straordinario.

Ma c'era una cosa in cui Damon non era più simile a un vampiro: non riusciva più a cadere sulle superfici dure senza farsi male. Elena se ne accorse solo quando sentì che boccheggiava sforzandosi di respirare.

Disperata, si affrettò a richiamare alla mente tutti gli incidenti sportivi che riusciva a ricordare… e sì, rammentava una volta in cui Matt era rimasto del tutto senza fiato. L'allenatore l'aveva preso per il bavero e gli aveva dato un pugno sulla schiena.

Elena corse da Damon, lo afferrò per le ascelle e lo girò sulla schiena. Le ci vollero tutte le sue forze per tirarlo su a sedere. Unì le mani e irrigidì le braccia, come a formare una mazza. Fingendo di essere Meredith, che aveva fatto parte della squadra di baseball alla Robert E. Lee High e aveva una media PGL di 4.44, prese lo slancio e lo colpì forte sulla schiena.

E funzionò!

Damon prese subito ad ansimare e poi a respirare di nuovo. Da raddrizzatrice di cravatte nata, Elena si inginocchiò e cercò di riassettargli i vestiti. Appena ricominciò a respirare normalmente, Damon si irrigidì e le sue membra smisero di arrendersi al tocco di Elena. Le prese le mani e le piegò delicatamente una nell'altra. Elena si chiese se fossero andati così al di là delle parole da non essere più in grado di ritrovarle.

Com'era accaduto? Damon l'aveva presa in braccio, forse perché aveva una gamba ustionata, o forse perché aveva deciso che la sfera stellata ce l'aveva la signora Flowers. E lei aveva detto: «Damon, che fai?». Forte e chiaro. Poi, in mezzo alla frase, ricordava di aver aggiunto "tesoro", tuttavia quella parola non aveva niente a che vedere con ciò che stavano facendo prima. Ma chi le avrebbe creduto? Era stato un incidente, un lapsus.

Purtroppo l'aveva detto davanti a Bonnie, la persona più propensa a prendere la cosa seriamente e sul personale, che inoltre era andata via prima che Elena avesse il tempo di spiegare.

Tesoro! Proprio quando avevano appena ricominciato a litigare.

Era davvero uno scherzo. Perché lui era serio quando aveva detto di essere interessato solo alla sfera stellata. Gliel'aveva letto negli occhi.

Per chiamare Damon "tesoro" doveva proprio essere... senza speranza, incurabile e... disperatamente innamo...

Oddio...

Le lacrime cominciarono a scorrerle sulle guance. Ma erano lacrime rivelatrici. Elena sapeva di non essere nella sua forma migliore. Erano tre giorni, ormai, che non faceva un bel sonno. Troppe emozioni contrastanti, e ora questo spavento.

Eppure, temeva di scoprire che qualcosa di fondamentale era cambiato *dentro* di lei.

Non era una cosa che aveva voluto. Lei aveva solo sperato che i due fratelli smettessero di litigare. Ed era nata per amare Stefan; ne era certa! Una volta lui le aveva chiesto di sposarlo. Be', da allora era stata un vampiro, uno spirito e una nuova incarnazione caduta dal cielo, e sperava che un giorno lui avrebbe voluto sposare anche la nuova Elena.

Ma la nuova Elena era confusa, a causa delle strane qualità del suo nuovo sangue, che per i vampiri era come propellente per razzi paragonato alla benzina normale che la maggior parte delle ragazze aveva nelle vene. E a causa dei Poteri delle Ali, come le *Ali della Redenzione*: molti non li capiva e non riusciva a controllarne nessuno. Tuttavia, ultimamente, aveva cominciato ad avere un minimo di controllo, soprattutto sulle *Ali della Distruzione*. Sarebbero potute tornare utili un giorno o l'altro, pensò torva.

Naturalmente, alcuni erano già serviti a Damon, che non era più un semplice alleato, ma era di nuovo un nemico-alleato. Determinato a rubare un oggetto di cui l'intera città aveva bisogno.

Elena non aveva chiesto di innamorarsi di Damon, ma... oddio, e se fosse stata già innamorata di lui? E se non fosse riuscita a bloccare i suoi sentimenti? Cosa avrebbe potuto fare?

Si sedette e pianse in silenzio, sapendo che non avrebbe mai potuto confidare quelle cose a Damon. Lui aveva il dono della lungimiranza e riusciva a mantenere il sangue freddo e a non lasciarsi sopraffare dalle emozioni, ma non quando si trattava di lei, come sapeva fin troppo bene. Se gli avesse confidato quel che aveva nel cuore, prima di esserne sicura, lui l'avrebbe rapita. Avrebbe creduto che lei avesse dimenticato definitivamente Stefan, quando invece l'aveva ignorato solo per un minuto quella sera.

«Stefan», mormorò. «Mi dispiace...».

Non avrebbe mai permesso che Stefan lo venisse a sapere. Lui era il suo cuore.

«Dobbiamo liberarci di Shinichi e Misao, e alla svelta», stava brontolando Matt. «Cioè, devo rimettermi in forma al più presto, o la Contea di Kent mi rimanderà indietro con il timbro

“Respinto”». Lui e Meredith erano seduti nell’accogliente cucina della signora Flowers a sgranocchiare biscotti allo zenzero e a guardarla mentre si dedicava con zelo alla preparazione di un carpaccio di manzo, seguendo una delle due ricette a base di carne cruda del suo antico libro di cucina. «Stefan si sta riprendendo così in fretta che fra un paio di giorni potremo persino farci due tiri a pallone», aggiunse, con una punta di sarcasmo nella voce, «se tutti in città la smettessero di essere dei pazzi *indemoniati*. Ah, già, e se i poliziotti la smettessero di inseguirmi per lo stupro di Caroline».

A sentir nominare Stefan, la signora Flowers gettò uno sguardo al calderone che stava bollendo sul fuoco da un bel po’, e che ora emanava un odore talmente spaventoso che Matt non sapeva chi compatire di più: quello che si sarebbe beccato l’enorme cumulo di carne cruda o colui che avrebbe rischiato di strozzarsi con qualunque cosa stesse bollendo nel pentolone.

«Dunque, supponendo che tu sopravviva, sarai felice di lasciare Fell’s Church quando verrà il momento?», gli chiese Meredith con tono calmo.

Matt si sentì come se lei l’avesse appena schiaffeggiato. «Stai scherzando, vero?», disse, accarezzando Saber con il piede nudo e abbronzato. L’enorme bestia stava emettendo una specie di ringhio sommesso, simile alle fusa. «Insomma, prima di partire, sarebbe bello fare di nuovo un paio di passaggi a pallone con Stefan. È il miglior attaccante che abbia mai visto».

«O che vedrai mai», gli ricordò Meredith. «Non credo che ci siano molti vampiri appassionati di football, Matt, quindi non pensare nemmeno all’eventualità di suggerire a lui ed Elena di seguirti nella Contea di Kent. Io ti sarò sempre accanto e cercherò di convincerli a venire ad Harvard con me. Male che vada, saremo entrambi battuti da Bonnie, perché quel junior college, purtroppo, è molto più vicino a Fell’s Church e a tutte le cose che amano».

«Alle cose che Elena ama», la corresse Matt, non riuscendo a trattenersi. «Stefan vuole solo stare con lei».

«Calma, calma», disse la signora Flowers. «Prendiamo le cose come vengono, su, miei cari. *Mama* dice che dobbiamo risparmiare le forze. Mi sembra preoccupata. Sapete, non può prevedere tutto quel che accadrà».

Matt annuì, ma dovette contare fino a dieci prima di dire a Meredith: «Quindi, scommetto che non vedi l'ora di andartene ad Harvard, vero?»

«Se non fosse che Harvard... Se solo potessi rimandare di un anno e prendere la mia borsa di studio...», la sua voce si spense, ma in essa si percepiva un intenso desiderio.

La signora Flowers le diede una pacca sulle spalle, e poi disse: «Mi chiedo cosa ne sarà dei cari Stefan ed Elena. Dopotutto, Elena non può vivere qui e farsi vedere in giro quando tutti la credono morta».

«Penso che abbiano rinunciato all'idea di andarsene in qualche posto lontano», disse Matt. «Scommetto che ora si vedono come i guardiani di Fell's Church. Se la caveranno in un modo o nell'altro. Elena può tagliarsi i capelli a zero». Matt si sforzava di mantenere un tono disinvolto, ma le parole gli uscivano dalla bocca come palle di piombo.

«La signora Flowers stava parlando del *college*», disse Meredith con un tono altrettanto grave. «Diventeranno dei supereroi di notte e passeranno il resto del tempo a vegetare? Se l'anno prossimo vogliono andare da qualche parte, devono pensarci adesso».

«Oh... be', c'è sempre Dalcrest».

«Dov'è?»

«Sai, quel piccolo campus a Dyer. Non è grande, ma hanno una squadra di football davvero... be', immagino che a Stefan non importi quanto siano bravi. Ma è solo a mezz'ora da qui».

«Oh, *quel* posto. Be', nello sport saranno pure avanti, ma di certo non è un'università di prestigio, né tanto meno è Harvard». Meredith, l'enigmatica e distaccata Meredith, parlò come se avesse il naso chiuso.

«Già», disse Matt, e d'impulso prese la mano fredda e affusolata di Meredith e la strinse. Fu piuttosto sorpreso quando lei intrecciò le dita gelate alle sue e gli trattenne la mano.

«*Mama* dice che ciò che è destino che accada, succederà presto», disse serenamente la signora Flowers. «La cosa più importante, per come la vedo io, è salvare la nostra cara, vecchia città. Insieme ai suoi abitanti»

«Ma certo», disse Matt. «Faremo del nostro meglio. Grazie a Dio abbiamo qualcuno in città che capisce i demoni giapponesi».

«Orime Saitou», disse la signora Flowers accennando un sorriso. «Che sia benedetta per i suoi amuleti»

«Già, che siano benedette entrambe», disse Matt, pensando alla nonna e alla madre di Isobel, che avevano lo stesso nome. «Penso che ce ne serviranno un bel po' di quei loro amuleti», aggiunse torvo.

La signora Flowers fece per parlare, ma Meredith la precedette, ancora concentrata sui suoi pensieri.

«Sapete, forse Stefan ed Elena non dovranno rinunciare all'idea di andarsene lontano da qui, dopotutto», disse mesta. «E giacché a questo punto ognuno di noi potrebbe non vivere abbastanza da arrivare al college...». Rabbrividì.

Matt le stava ancora stringendo la mano quando Bonnie irruppe trafelata dalla porta d'ingresso. Cercò di attraversare di corsa l'atrio per raggiungere le scale evitando la cucina, ma Matt e Meredith si lasciarono la mano e si catapultarono entrambi su di lei per bloccarla. In un batter d'occhio si misero tutti in assetto da combattimento. Meredith afferrò con forza il braccio di Bonnie. La signora Flowers entrò nell'atrio, asciugandosi le mani con uno strofinaccio.

«Bonnie, che succede? Si tratta di Shinichi e Misao? Ci stanno attaccando?», chiese Meredith con tono pacato ma intenso, per dominare il panico.

Matt si sentì come se gli avessero rovesciato sulla schiena una secchiata di ghiaccio. Nessuno poteva sapere per certo dove fossero Shinichi e Misao in quel momento. Forse nel boschetto che era tutto ciò che restava dell'Old Wood... Forse proprio lì, nella pensione. «Elena!», gridò. «O mio Dio, lei e Damon sono là fuori! Sono feriti? Shinichi li ha presi?».

Bonnie chiuse gli occhi e scosse la testa.

«Bonnie, resta con me. Stai calma. Si tratta di Shinichi? O della polizia?», chiese Meredith. E, rivolta a Matt, aggiunse: «Faresti meglio a controllare dalla fessura della tenda». Ma Bonnie continuava a scuotere la testa.

Matt sbirciò dalla finestra, ma non vide le luci della polizia. Né vide segni di un attacco da parte di Shinichi e Misao.

«Se non ci stanno attaccando», chiese Meredith a Bonnie, «allora che sta succedendo?».

Bonnie si limitò a scuotere la testa, in modo esasperante.

Matt e Meredith si guardarono al di sopra i riccioli color fragola di Bonnie. «La sfera stellata», disse Meredith con un fil di voce, mentre Matt ringhiava: «Che stronzo».

«Elena gli avrà raccontato qualche frottola». Disse Meredith. E Matt annuì, cercando di togliersi dalla testa l'immagine di Damon che salutava con disinvoltura e di Elena che si contorceva nell'agonia.

«Forse si tratta dei ragazzini posseduti, che se ne vanno in giro a ferirsi da soli o a fare pazzie», disse Meredith, lanciando a Bonnie uno sguardo di sottecchi e stringendo molto forte la mano di Matt.

Lui la guardò confuso e, non cogliendo il suggerimento, disse: «Se quel figlio di p avesse provato a prendere la sfera stellata, Bonnie non sarebbe scappata. È molto coraggiosa quando è spaventata. E a meno che lui non abbia ucciso Elena, lei non sarebbe così...».

L'intervento di Matt lasciò il lavoro sporco a Meredith, che disse, nel suo tono confortante da sorella maggiore: «Parlaci, Bonnie. Qualcosa dev'essere successo per ridurti in questo stato. Calmati, riprendi fiato e dimmi cosa hai visto».

E allora le parole cominciarono a uscire come un torrente dalla bocca di Bonnie. «Lei... lei lo stava chiamando "tesoro"», disse, afferrando la mano di Meredith. «E aveva il collo tutto macchiato di sangue. E... oh no, l'ho fatta cadere. La bottiglia di Black Magic!».

«Ah, be'», disse con dolcezza la signora Flowers. «Non serve piangere sul vino versato. Dobbiamo solo...»

«No, non capite», disse ansando Bonnie. «Li ho sentiti parlare mentre mi avvicinavo. Camminavo lentamente per non rischiare di inciampare. Discutevano della sfera stellata. All'inizio ho pensato che stessero litigando, ma... lei aveva le braccia intorno al collo di Damon. E tutta quella storia che lui non è più un vampiro? Elena aveva del sangue sul collo e lui ce l'aveva sulla bocca! Appena sono arrivata l'ha presa in braccio e l'ha gettata sul divano perché non vedessi, ma non è stato abbastanza svelto. Lei deve avergli dato la sfera stellata! E lo chiamava pure "tesoro"!».

Matt e Meredith si guardarono negli occhi. Arrossirono e distolsero subito lo sguardo. Se Damon era di nuovo un vampiro... Se era riuscito a prendere la sfera stellata dal nascondiglio e se Elena gli aveva "portato da mangiare" solo per potergli dare il sangue di nascosto...

Meredith stava ancora cercando una spiegazione plausibile. «Bonnie, non è che stai esagerando le cose? Comunque, che ne è stato del vassoio di cibo della signora Flowers?»

«Era... tutto sparpagliato per la stanza. L'hanno gettato via e basta! Ma lui la teneva con una mano sotto le ginocchia e una dietro la nuca, e lei aveva la testa reclinata all'indietro con i capelli che ricadevano tutti sulle spalle di Damon!».

Nel silenzio che seguì tutti cercarono di immaginare le varie posizioni che potevano corrispondere alla descrizione di Bonnie.

«Vuoi dire che l'aveva presa in braccio per sorreggerla?», chiese Meredith, parlando all'improvviso a voce molto bassa. Matt comprese le sue ragioni. Stefan stava dormendo di sopra, probabilmente, e Meredith non voleva che si svegliasse.

«No! Loro... si guardavano», strillò Bonnie. «Si fissavano. Dritto negli occhi».

«Ma, Bonnie cara», disse la signora Flowers in tono mite, «forse Elena è caduta e Damon l'ha solo tirata su».

Ormai Bonnie parlava senza farsi pregare e senza peli sulla lingua. «Solo se è ciò che è successo a tutte le donne sulle copertine di quei romanzi rosa... Com'è che si chiamano?»

«Strappa-corsetti?», suggerì Meredith in modo inopportuno quando nessun altro rispose.

«Esatto! Strappa-corsetti. La teneva proprio come in quei romanzi! Insomma, sappiamo tutti che stava succedendo qualcosa tra loro nella Dimensione Oscura, però credevo che dopo aver trovato Stefan fosse tutto finito. Ma non è così!».

Matt provò un improvviso senso di nausea. «Vuoi dire che in questo momento Damon ed Elena sono di là... a baciarsi e tutto il resto?»

«Non lo so!», esclamò Bonnie. «Stavano parlando della sfera stellata! Lui la teneva in braccio come una sposa! E lei non si opponeva!».

Con un brivido di orrore, Matt comprese che c'erano guai in arrivo, e capì che anche Meredith li prevedeva. Ancora peggio: stavano guardando in due direzioni diverse. Matt guardava le scale che portavano al piano superiore, dove era appena apparso Stefan. Meredith fissava la porta della cucina, e quando anche Matt vi gettò uno sguardo si accorse che Damon era appena entrato nell'atrio.

"Che ci faceva Damon in cucina?", si chiese. "Eravamo lì fino a un minuto fa. E lui cosa combinava, origliava da dietro la porta del soggiorno?".

Matt, comunque, fece del suo meglio per salvare la situazione. «Stefan!», esclamò in un tono caloroso che gli fece venire i brividi. «Sei pronto per un bicchiere di sangue d'atleta prima di andare a dormire?».

Una piccola parte della sua mente si rallegrava per Stefan. "Ma guardalo", pensava. "È uscito di prigione solo da tre giorni e si è già ripreso. Tre notti fa era uno scheletro. Oggi è solo... magro. È di nuovo abbastanza bello da far girare la testa alle ragazze".

Stefan gli sorrise debolmente, appoggiandosi alla ringhiera. Sul pallore del viso, i suoi occhi erano ancora più luminosi, di un verde vibrante che li faceva brillare come gioielli. Non sembrava turbato, e per questo Matt si sentì stringere il cuore. Come avrebbero fatto a dirglielo?

«Elena è ferita», disse Stefan. Calò un silenzio di tomba e tutti si fermarono di colpo, raggelati. «Ma Damon non può aiutarla, così l'ha portata dalla signora Flowers».

«È vero», disse con freddezza Damon da dietro le spalle di Matt. «Non posso aiutarla. Se fossi ancora un vampiro… ma non lo sono. Elena si è ustionata, più che altro. Sono riuscito solo a pensare di applicarle sulla ferita un impacco di ghiaccio o un qualche tipo di impiastro. Mi dispiace di aver smentito tutte le vostre brillanti teorie».

«Oh mio Dio!», strillò la signora Flowers. «Vuoi dire che in questo momento Elena è in cucina ad aspettare che le prepari un impiastro?». Lasciò di corsa l'atrio, diretta in cucina.

Stefan continuò a scendere le scale, gridando: «Signora Flowers, Elena si è scottata un braccio e una gamba… Dice che è successo perché Damon non l'ha riconosciuta al buio e l'ha spinta. Non l'ha fatto apposta, credeva ci fosse un intruso nella sua stanza e le ha ferito leggermente la gola con un coltello. Noi siamo di là in salotto, se le serve aiuto».

Bonnie strillò: «Stefan, forse lei è innocente… ma lui non lo è! Inoltre, stando a quello che hai detto, lui l'ha bruciata – questa è *tortura* – e le ha puntato un coltello alla gola! Forse l'ha minacciata per costringerla a dirci ciò che volevamo sentire. Forse la tiene ancora in ostaggio e noi non lo sappiamo!».

Stefan arrossì. «È piuttosto difficile da spiegare», disse molto dolcemente. «Tento ancora di ignorare la questione. Ma finora alcuni dei miei Poteri sono cresciuti… più in fretta della mia capacità di controllarli. Dormo la maggior parte del tempo, così il problema non si pone. Fino a pochi minuti fa dormivo. Poi mi sono svegliato e ho sentito Elena dire a Damon che la signora Flowers non aveva la sfera stellata. Era turbata, ferita… riuscivo a percepire anche *dove* si era ferita. D'un tratto ho sentito te, Bonnie. Hai delle capacità telepatiche molto sviluppate. Poi ho ascoltato il resto della vostra conversazione su Elena...».

"Oh, mio Dio. Che assurdità", pensò Matt. Ad alta voce balbettò sciocchezze tipo «Certo, certo, errore nostro», e seguì Meredith in salotto, come se avesse i piedi incollati ai suoi sandali italiani.

Ma il sangue sulla bocca di Damon...

Doveva esserci qualche spiegazione banale anche per il sangue. Stefan aveva detto che Damon aveva ferito leggermente Elena con un coltello. Riguardo al fatto che il sangue era schizzato tutto attorno, be', in realtà non gli sembrava una cosa da vampiri. Aveva donato il sangue a Stefan almeno una dozzina di volte negli ultimi giorni e l'operazione era sempre stata molto pulita.

Inoltre, pensò, era strano che non fosse venuto in mente a nessuno di loro che Stefan era in grado di sentire i loro pensieri, anche se si trovava al piano di sopra.

"Può farlo sempre?", pensò Matt, chiedendosi se lo stesse facendo anche in quel momento.

«Cerco di non ascoltare i pensieri, a meno che non sia invitato o non abbia un buon motivo», disse Stefan. «Ma quando qualcuno nomina Elena, soprattutto se sembra turbato, non riesco a trattenermi. È come quando sei in un posto rumoroso e riesci a stento a distinguere qualche parola, ma se qualcuno pronuncia il tuo nome lo senti all'istante».

«Si chiama fenomeno del "cocktail party"», disse Meredith. Parlava piano e con tono misurato, come se stesse cercando di calmare la povera Bonnie. Matt sentì un'altra stretta al cuore.

«Be', potete chiamarlo come vi pare», disse, «ma questo significa solo che puoi ascoltare i nostri pensieri quando vuoi».

«Non sempre», precisò Stefan, rabbrividendo. «Quando bevevo sangue animale non ne ero in grado, perché ero debole, a meno che non mi impegnassi. A proposito, vi farà piacere sapere, amici miei, che ricomincerò a cacciare animali da domani o da dopodomani, dipende da quello che dice la signora Flowers», aggiunse con uno sguardo eloquente. I suoi occhi indugiarono su Damon, che stava appoggiato al muro accanto alla finestra, con i vestiti in disordine e un aspetto molto pericoloso. «Ma ciò non significa che dimenticherò chi mi ha salvato quando ero in punto di morte. Per questo vi onoro e vi ringrazio... e, be', dobbiamo festeggiare prima o poi». Strizzò gli occhi, come per trattenere le lacrime e si girò. Le due ragazze si commossero subito; persino Meredith tirò su con il naso.

Damon emise un sospiro esagerato. «Sangue animale? Oh, geniale. Indebolisciti più che puoi, fratellino, anche se hai tre o quattro donatori volontari. Poi, quando arriverà la resa dei conti con Shinichi e Misao, ti rivelerai efficace quanto un pezzo di carta velina bagnato».

Bonnie trasalì. «Ci sarà uno scontro finale... a breve?»

«Appena Shinichi e Misao saranno in grado di affrontarlo», rispose con calma Stefan. «Penso che, se potessero, non mi darebbero neppure il tempo di riprendermi. L'intera città rischia di andare a fuoco e ridursi in cenere, sapete. Ma non posso continuare a chiedere a te e a Matt, Meredith ed Elena di donare il sangue. Mi avete già mantenuto in vita negli ultimi giorni, e non so come ripagarvi».

«Ripagaci diventando più forte che puoi», disse Meredith con la sua voce calma e pacata. «Ma, Stefan, posso farti un paio di domande?»

«Certo», rispose Stefan, rimanendo in piedi accanto a una sedia. Non si sedette finché Meredith non sprofondò nella poltrona con Bonnie quasi in grembo.

Poi disse, «Spara».

4

«Prima di tutto, Damon ha ragione?», chiese Meredith. «Se torni al sangue animale ti indebolirai molto?».

Stefan sorrise. «Sarò come quando ti ho incontrata la prima volta», disse. «Abbastanza forte per fare questo». Si chinò verso gli attrezzi per il caminetto appesi al muro, sotto il gomito di Damon, e, mormorando sovrappensiero: «*Scusa, per favore*[1]», staccò l'attizzatoio.

Damon alzò gli occhi al cielo. Ma quando Stefan, con un solo movimento fluido, piegò a U l'attizzatoio e poi, in un batter d'occhio, lo raddrizzò e lo rimise a posto, Matt poté giurare che nella solita espressione da giocatore di poker di Damon ci fosse una gelida invidia.

«E quello era ferro, che resiste a tutte le forze sovrannaturali», commentò Meredith con voce pacata, mentre Stefan si allontanava dal caminetto.

«Ma è ovvio: sono tre settimane che beve da tre ragazze affascinanti, per non parlare di Elena, che è diventata una vera centrale nucleare», disse Damon, battendo le mani tre volte, con studiata lentezza. «Oh... Mutt. *Sono spiacente*[2], insomma, non volevo includerti fra le ragazze. Senza offesa».

«Nessun problema», disse Matt a denti stretti. Se avesse potuto, almeno per una volta, levargli dalla faccia quel sorriso che andava e veniva in un lampo, sarebbe morto felice, pensò.

[1] In italiano nel testo (*n.d.t.*).
[2] In italiano nel testo (*n.d.t.*).

«Ma la verità è che sei diventato un donatore molto… compiacente… per il caro fratellino, non è vero?», aggiunse Damon, con una leggera contrazione delle labbra, come se solo il più rigido autocontrollo gli impedisse di sorridere.

Matt fece due passi verso Damon. Era tutto quel che poteva fare per non saltargli direttamente al collo, anche se una vocina nella testa gli gridava sempre "suicidio" quando aveva pensieri del genere.

«Hai ragione», disse, nel tono più calmo possibile. «Ho donato il mio sangue a Stefan proprio come le ragazze. È mio amico, e un paio di giorni fa sembrava appena uscito da un campo di concentramento».

«Ma certo», mormorò Damon, come costernato, poi però proseguì con un tono ancora più mellifluo: «Il mio fratellino ha sempre avuto successo con entrambi i… be', davanti alle ragazze dirò "generi sessuali". Persino con i maschi kitsune; e questo, ovviamente, è il motivo per cui mi trovo in questo casino».

Matt vide letteralmente rosso, come se stesse guardando Damon attraverso una nube di sangue.

«A proposito, che è successo a Sage, Damon? Era un vampiro. Se riusciamo a trovarlo, il tuo problema è risolto, giusto?», chiese Meredith.

Era una buona domanda. Meredith reagiva sempre con distacco. Damon replicò fissandola con i suoi impenetrabili occhi neri. «Meno ne sai di Sage, meglio è. Non parlerei di lui così alla leggera: ha degli amici ai piani bassi. Ma per rispondere alla tua domanda: no, non permetterò a Sage di trasformarmi in vampiro. Complicherebbe solo le cose».

«Shinichi ci ha augurato buona fortuna nel cercare di capire chi sia veramente», disse Meredith, sempre con voce pacata. «Sai cosa volesse dire?».

Damon fece spallucce. «Quello che so sono affari miei. Frequenta i livelli più bassi e tenebrosi della Dimensione Oscura».

Bonnie sbottò: «Perché ci è andato? Oh, Damon, non sarà a causa nostra? Perché ha lasciato Talon e Saber a tenerci d'occhio, allora? E... oh! Oh, Damon, mi dispiace! Mi dispiace davvero tanto!». Scivolò giù dal divano e chinò la testa, tanto che si vedevano solo i suoi capelli color fragola. Si puntellava con le manine pallide sul pavimento e sembrava sul punto di prostrarsi a terra ai suoi piedi. «È solo colpa mia e sono tutti arrabbiati... Ma ciò che ho visto era così orribile che ho dovuto credere alle cose peggiori che potessi pensare!».

Ruppe la tensione. Quasi tutti scoppiarono a ridere. Era una reazione tipica di Bonnie, ed era così genuina. Così umana.

Meredith era sempre la miglior medicina per Bonnie; Matt voleva tirarla su per farla sedere di nuovo sul divano, ma mentre si chinava su di lei, si ritrovò a competere con un altro paio di mani tese. Una era quella snella, lunga e olivastra di Meredith. L'altra apparteneva a un uomo, ed era ancora più affusolata.

Matt strinse il pugno. "Lasciamo che la prenda Meredith", pensò, e il suo pugno maldestro intercettò la mano tesa di Damon. Meredith sollevò agevolmente Bonnie e tornò a sedersi sul divano. Damon alzò i suoi occhi neri su di lui, e Matt vi lesse una perfetta comprensione.

«Dovresti proprio perdonarla, Damon», disse brusca Meredith, che faceva sempre da giudice imparziale. «Altrimenti non penso che riuscirà a dormire stanotte».

Damon scrollò le spalle, freddo come un iceberg. «Forse... prima o poi».

Matt sentì i muscoli irrigidirsi. Che razza di bastardo poteva parlare così alla piccola Bonnie? Perché lei, ovviamente, stava ascoltando.

«Vai al diavolo», disse Matt sottovoce.

«Che hai detto, scusa?». La voce di Damon non era più indolente e piena di finta cortesia, ma si era fatta all'improvviso sferzante.

«Mi hai sentito», ringhiò Matt. «E se non hai sentito, forse è meglio che usciamo, così te lo posso dire a voce più alta», aggiunse, librandosi sulle ali dell'audacia.

Le ragazze non lo assecondarono. «No!», piagnucolò Bonnie,

e Meredith cercò di zittirlo con garbo. Stefan esordì, in tono autorevole: «Tutti e due...», ma poi esitò e tossì, dando a Matt e Damon la possibilità di correre verso la porta.

Fuori, nella veranda della pensione, faceva ancora molto caldo. «È questo il campo di battaglia?», chiese Damon in tono indolente quando, dopo aver sceso la gradinata, si fermarono vicino al sentiero di ghiaia.

«Per me va bene», rispose secco Matt, sentendoselo nelle ossa che Damon avrebbe giocato sporco.

«Sì, di sicuro è abbastanza vicino», disse Damon, lanciandogli un sorriso smagliante e del tutto superfluo. «Puoi gridare aiuto, giacché il fratellino è di là in salotto, e lui avrà tutto il tempo di venire a salvarti. E ora vediamo di risolvere la questione del perché ti fai sempre gli affari miei e sei sempre...»

Matt gli mollò un pugno sul naso.

Non aveva idea di quel che Damon stesse cercando di fare. Se chiedi a qualcuno di uscire, vuol dire che sai già come andrà a finire. Lo attacchi subito. Non te ne stai lì a parlare. Se ci provi, non riuscirai più a toglierti di dosso l'etichetta di "codardo" o peggio. Damon non sembrava il tipo che ha bisogno che gli si spieghi una cosa del genere.

D'altra parte, Damon era sempre riuscito a schivare gli attacchi, pur incassando tranquillamente gli insulti... prima.

"Prima mi avrebbe rotto tutte le ossa della mano e avrebbe continuato a stuzzicarmi", suppose Matt. "Ma ora... Sono veloce quasi quanto lui e semplicemente l'ho colto di sorpresa".

Piegò le mani con cautela. Certo, faceva male comunque, ma se Meredith aveva preso a pugni Caroline, lui poteva fare la stessa cosa con...

Damon?

Diamine, aveva appena messo al tappeto Damon?

Gli parve di sentire la voce del suo vecchio allenatore che gli diceva: *Corri, Honeycutt*. Corri. Vattene dal paese. Cambia nome.

Già provato. Non funzionava. Non aveva mai ricevuto nemmeno la maglia da titolare, pensò con stizza.

Ma Damon non gli stava saltando addosso per annientarlo come un fiammeggiante demone dell'inferno, con gli occhi di un drago e la forza di un toro infuriato. Più che altro sembrava risentito e fremeva di sdegno dalla testa spettinata agli stivali sporchi di fango.

«Tu... zotico... immaturo...». Passò all'italiano.

«Senti», disse Matt. «Sono uscito per fare a pugni, okay? E il tizio più intelligente che conosco ha detto: "Se hai intenzione di combattere, non parlare. Se invece vuoi parlare, non combattere"».

Damon cercò di ringhiare, mentre si alzava e si spazzolava via i cardi spinosi e la gramigna dai logori jeans neri. Ma il verso non gli venne bene. Forse dipendeva dalla nuova forma dei suoi canini. Forse non ci aveva messo abbastanza convinzione. Matt aveva visto abbastanza di sconfitti da sapere che quello scontro era finito. Lo pervase una strana euforia. Sarebbe rimasto tutto intero! Era un momento prezioso. Molto prezioso.

"Bene, allora forse dovrei tendergli la mano?", si chiese, ma si diede subito una risposta. "Certo, se sei disposto a offrire una mano a un coccodrillo temporaneamente stordito. Che te ne fai di dieci dita, comunque?"

Oh be', pensò, girandosi per rientrare in casa. Finché viveva – date le circostanze, poteva trattarsi di un tempo non troppo lungo – non avrebbe mai dimenticato quel momento.

Appena entrò, andò a sbattere contro Bonnie, che si stava precipitando fuori.

«Oh, Matt. Oh, *Matt*», strillò, guardandosi freneticamente attorno. «Gli hai fatto male? Lui ti ha ferito?».

Matt picchiò il pugno nel palmo della mano. «È ancora seduto là dietro», aggiunse con gentilezza.

«Oh, no!», disse ansimando Bonnie, e si affrettò a uscire.

Certo, una vera scazzottata sarebbe stata più spettacolare. Comunque, non si poteva lamentare.

***

«*Che hanno fatto*?», chiese Elena a Stefan. Aveva degli impacchi freddi, ben fissati con delle bende, sul braccio, sulla mano e sulla coscia. La signora Flowers le aveva tagliato i jeans e le stava pulendo il sangue secco sul collo con delle erbe lenitive.

Le batteva forte il cuore, e non solo per il dolore. Persino lei non si era resa conto che Stefan poteva sintonizzarsi sulle conversazioni di tutta la casa quando era sveglio. Tremava, e ormai poteva solo ringraziare Dio che fosse addormentato mentre lei e Damon... No! Doveva smettere di pensarci, e subito!

«Sono usciti per fare a botte», disse Stefan. «È un'idiozia, lo so. Ma si tratta di una questione d'onore. Non posso interferire».

«Be', io posso... Se lei ha finito, signora Flowers».

«Sì, Elena cara», disse la signora Flowers, avvolgendole una benda intorno al collo. «Ora non rischi più di prendere il tetano».

Elena stava per alzarsi, ma si fermò di colpo. «Credevo che il tetano si prendesse dalle lame arrugginite», disse. «Quella di Damon sembrava nuova di zecca».

«Il tetano si prende dalle lame sporche, mia cara», la corresse la signora Flowers. «Ma questa», sollevò una bottiglia, «è una ricetta personale di mia nonna. Nel corso dei sec... degli anni, ha disinfettato molte ferite».

«Wow», disse Elena. «Non ha mai parlato di sua nonna prima d'ora. Era... una guaritrice?»

«Oh, sì», disse calorosamente la signora Flowers. «In realtà, l'accusarono di essere una strega. Ma al processo non riuscirono a provare nulla. I suoi accusatori non sembravano neppure in grado di fare un discorso coerente».

Elena guardò Stefan e scoprì che anche lui la stava guardando. Matt rischiava di essere trascinato davanti a un tribunale illegale per aver stuprato Caroline Forbes sotto l'effetto di qualche terribile droga sconosciuta. Accusa che non era mai stata provata. Per questo erano entrambi molto interessati all'argomento tribunali. Ma, notando l'espressione preoccupata di Stefan, Elena decise di lasciar cadere il discorso. Gli strinse la mano. «Ora dobbiamo andare, ma continueremo a parlare di sua nonna più tardi. Ho l'impressione che sia stata una donna affascinante».

«Me la ricordo come una vecchia solitaria e scorbutica, che mal sopportava gli stupidi e pensava che fossero quasi tutti stupidi», disse la signora Flowers. «Penso che avrei fatto la stessa fine se voi ragazzi non foste piombati nella mia vita. Vi sono grata per questo».

«Siamo noi che dobbiamo ringraziarla», disse Elena, abbracciando la vecchina, e il suo cuore smise di martellare per l'agitazione. Stefan la guardava con autentico amore. Sarebbe andato tutto bene... a lei, almeno.

Sono preoccupata per Matt, disse telepaticamente a Stefan, per tastare il terreno. *Damon è ancora molto veloce... E sai che Matt non gli piace granché.*

Credo che questo sia un clamoroso eufemismo, rispose lui con un sorriso beffardo. *Ma penso anche che dovresti smetterla di preoccuparti finché non vediamo chi torna indietro ferito.*

Elena cercò di interpretare il sorriso di Stefan e pensò a Matt. Era un ragazzo atletico e impulsivo. Dopo un po', gli restituì il sorriso. Si sentiva allo stesso tempo colpevole, protettiva e... al sicuro. Stefan la faceva sempre sentire al sicuro. E in quel momento voleva solo viziarlo.

Nel cortile della pensione, Bonnie pensava a quanto fosse caduta in basso. Nemmeno dopo tutto quello che era successo, riusciva a smettere di pensare a quanto fosse attraente Damon. E selvaggio, tenebroso, feroce, bellissimo. Suo malgrado, ricordava tutte le volte in cui le aveva sorriso, l'aveva presa in giro e si era precipitato a salvarla. Aveva davvero creduto che un giorno o l'altro... Ma ora si sentiva come se il suo cuore si stesse spezzando.

«Vorrei staccarmi la lingua a morsi», disse. «Non avrei dovuto fare nessuna supposizione su ciò che avevo visto».

«Come potevi sapere che non stavo rubando Elena a Stefan?», disse Damon, esausto. «È proprio il tipo di cose che faccio io».

«No, non è vero! Hai fatto così tanto per far evadere Stefan... Hai sempre affrontato da solo i pericoli maggiori e hai impedito che ci facessero del male. Tutto questo l'hai fatto per gli altri...».

D'un tratto le sue braccia furono afferrate da mani tanto forti che la sua mente fu inondata dai cliché. Una presa di ferro. Forte come l'acciaio. Una morsa senza via di scampo.

Poi fu travolta da una voce simile a un torrente ghiacciato.

«Tu non sai niente di me, non sai quello che voglio o faccio. Per quanto ne sai, potrei anche star tramando qualcosa in questo momento. Perciò non voglio mai più sentirti parlare di queste cose. E non pensare che esiterei a ucciderti se intralciassi la mia strada», disse Damon.

Si alzò e lasciò Bonnie lì seduta, a fissarlo con gli occhi sbarrati. Si era sbagliata. Non aveva affatto finito le lacrime.

5

«Credevo che volessi uscire per parlare con Damon», disse Stefan, tenendo Elena per mano. Lei svoltò decisa a destra, verso la scalinata traballante che conduceva al secondo piano, e da lì all'attico di Stefan.

«Be', a meno che non uccida Matt e scappi via, non vedo cosa ci impedisce di parlargli domani». Si girò a guardare Stefan e sorrise. «Ho seguito il tuo consiglio e ho riflettuto un po' su quei due. Matt è un quarterback piuttosto robusto e adesso sono entrambi umani, no? Comunque, è ora di cena».

«Cena?». A quella parola i canini di Stefan reagirono d'impulso e con imbarazzante rapidità. Doveva davvero fare un discorsetto a Damon più tardi, e assicurarsi che avesse capito di essere un ospite della pensione, nulla più. Ma Elena aveva ragione, avrebbe potuto farlo l'indomani. Sarebbe stato anche più efficace, una volta passato quello sfogo di rabbia repressa.

Premette la lingua contro i canini, cercando di spingerli indietro, ma quella lieve stimolazione li rese ancora più aguzzi, tanto che gli graffiarono il labbro, procurandogli un piacevole dolore. Tutto ciò in risposta a una semplice parola: *cena.*

Elena girò la testa e gli rivolse un'occhiata provocante, poi ridacchiò. Era una di quelle donne che hanno la fortuna di avere una risata bellissima. Ma era chiaramente una risatina maliziosa, da una ragazzina scaltra e intrigante. Stefan desiderò farle il solletico per udirla ancora, ridere con lei, stringerla e chiederle cosa la divertisse. Invece disse: «Che succede, amore?»

«Qualcuno ha i denti aguzzi», rispose lei con aria innocente, e ridacchiò di nuovo. Stefan si fermò un attimo ad ammirarla e, all'improvviso, la mano di lei scivolò via dalla sua. Con una risata melodiosa come il suono della spuma bianca di una cascata sulle rocce, Elena salì di corsa gli ultimi gradini, arrivando prima di lui, forse per prenderlo in giro, pensò Stefan, oppure per mostrargli quanto fosse in forma. Lei sapeva che se fosse caduta o inciampata, lui ne avrebbe dedotto che donare il sangue la indeboliva.

Per il momento nessuno dei suoi amici sembrava risentirne. Se qualcuno di loro si fosse sentito male, Stefan avrebbe insistito perché riposasse. Ma persino Bonnie, che era delicata come una libellula, sembrava cavarsela abbastanza bene.

***

Elena corse su per le scale, consapevole che Stefan stava sorridendo e che non c'era l'ombra di un sospetto nella sua mente. Non meritava quella fiducia, ma ciò la rese ancora più ansiosa di compiacerlo.

«E tu hai cenato?», chiese Stefan appena arrivarono in camera sua.

«Da un bel po'; arrosto di manzo... ben cotto». Sorrise.

«Che cosa ha detto Damon quando ha capito che eri tu e ha visto il cibo che gli avevi portato?».

Elena emise un'altra risatina, un po' forzata stavolta. Non era strano che avesse le lacrime agli occhi; le ustioni e le ferite facevano male, e l'episodio con Damon giustificava qualsiasi sfogo di pianto.

«L'ha chiamato hamburger al sangue. Era bistecca tartara. Ma, Stefan, non voglio parlare di lui adesso».

«No, certo che no, amore». Stefan si mostrò subito contrito. Inoltre, ce la stava mettendo tutta per non sembrare ansioso di nutrirsi, ma non riusciva proprio a controllare i canini.

Neppure Elena era più dell'umore giusto per flirtare. Si sedette sul letto e srotolò attentamente le bende che la signora Flowers le aveva appena avvolto intorno alla gola. Stefan sembrava preoccupato.

Amore... Si fermò di colpo.

Sì? Elena finì di srotolare le bende, studiando il suo volto.

Be', forse dovrei bere dal braccio, non credi? Già non stai molto bene e poi non voglio interferire con il trattamento antitetanico della signora Flowers.

C'è ancora molto spazio, disse allegramente Elena.

Ma un morso oltre a tutte quelle ferite... Tacque di nuovo.

Elena lo guardò. Lo conosceva bene. Voleva dirle qualcosa. *Dimmi*, insisté.

Stefan finalmente la guardò negli occhi e poi le accostò la bocca all'orecchio. «Posso guarire le ferite», sussurrò. «Ma... dovrei aprirle di nuovo e farle sanguinare. Ti farà male».

«E potresti avvelenarti!», disse brusca Elena. «Non capisci? La signora Flowers ci ha messo sopra il cielo sa cosa...».

Lui scoppiò a ridere, procurandole brividi caldi lungo la schiena. «Non è così facile uccidere un vampiro», disse. «Moriamo solo con un paletto nel cuore. Ma non voglio farti male, nemmeno per aiutarti. Posso Influenzarti perché tu non senta nulla...».

Elena lo interruppe di nuovo. «No! No, non m'interessa se fa male. Mi sta bene, purché tu beva tutto il sangue di cui hai bisogno».

Stefan la rispettava abbastanza da sapere che non doveva chiederle due volte la stessa cosa. Inoltre, non riusciva più a trattenersi. La guardò distesa e le si sdraiò accanto, chinandosi sulle lesioni chiazzate di verde. Sfiorò le ferite con delicatezza, quasi esitante all'inizio, poi vi fece scorrere sopra la morbida lingua. Non sapeva come funzionasse il procedimento, né quali fossero le sostanze chimiche che le stava spalmando sulle ferite. Era un automatismo, come il respiro per gli umani. Dopo un minuto, cominciò a ridacchiare sottovoce.

Cosa? Che c'è?, chiese Elena, sorridendo anche lei perché il respiro di lui le faceva il solletico.

Il tuo sangue sa di citronella, rispose Stefan. *La ricetta curativa della nonna è a base di citronella e alcol! Vino alla citronella!*

È un bene o un male?, chiese Elena dubbiosa.

Può andare... tanto per cambiare. Però il tuo sangue lo preferisco senza aromi. Ti ha fatto molto male?

Elena arrossì. Damon le aveva curato una ferita sulla guancia allo stesso modo, quando si trovavano nella Dimensione Oscura, dopo che lei aveva fatto scudo con il proprio corpo a una schiava sanguinante, prendendo la frustata al suo posto. Sapeva che Stefan conosceva la storia, e probabilmente era consapevole, ogni volta che la vedeva, che quella ferita bianca sullo zigomo, quasi invisibile ormai, era stata leccata con la stessa premura, fino alla guarigione, da suo fratello.

A confronto, questi graffi non sono nulla, disse con il pensiero. Ma all'improvviso sentì un brivido freddo lungo la schiena. *Stefan! Non ti ho mai chiesto scusa per aver protetto Ulma rischiando di non riuscire a salvarti. O peggio, per aver partecipato a un ballo mentre tu morivi di fame... per aver portato avanti la nostra recita in modo da restare nell'alta società e trovare la doppia chiave-volpe...*

Pensi che me ne importi qualcosa? Stefan fingeva di essere arrabbiato, mentre le cicatrizzava una delle ferite alla gola. *Hai fatto ciò che dovevi per rintracciarmi, trovarmi e salvarmi, dopo che io ti avevo lasciata qui da sola. Pensi che non lo capisca? Non meritavo di essere salvato...*

Elena sentì un groppo in gola. *Non dirlo nemmeno! Forse... forse sapevo che mi avresti perdonata. Altrimenti avrei sentito bruciare ogni gioiello che indossavo come un marchio a fuoco. Abbiamo dovuto cercarti come segugi a caccia di una volpe. E avevamo tanta paura che un singolo passo falso avrebbe portato alla tua impiccagione... o alla nostra.*

Stefan l'abbracciò stretta. *Come faccio a fartelo capire?*, chiese. *Avete rinunciato a tutto, persino alla vostra libertà, per me. Siete diventate delle schiave. Avete... avete subito una punizione pubblica...*

Come lo sai?, chiese agitata Elena. *Chi te l'ha detto?*

Tu me l'hai detto, amore mio. Mentre dormivi... e sognavi.

Ma, Stefan, Damon ha sofferto al mio posto. Sapevi anche questo?

Stefan rimase un attimo in silenzio, poi rispose: *Ah... Non lo sapevo.*

Scene sparse della Dimensione Oscura ribollirono nella mente di Elena. Di quella città di chincaglieria ossidata, d'illusorio splendore, dove una frustata che faceva schizzare sangue su un muro era più apprezzata di una manciata di rubini sparsi sul marciapiede...

Amore, non ci pensare. Mi hai seguito, mi hai salvato, e ora siamo qui assieme, disse Stefan. Cicatrizzò l'ultima ferita e accostò la guancia a quella di lei. *M'importa solo di questo. Tu e io... insieme.*

Elena si sentì vertiginosamente felice per essere stata perdonata, ma c'era qualcosa dentro di lei, qualcosa che aveva continuato a crescere nelle settimane trascorse nella Dimensione Oscura. Per Damon provava sentimenti che non dipendevano solo dal fatto che aveva avuto bisogno del suo aiuto. Pensava che Stefan li avrebbe capiti. Quei sentimenti avrebbero potuto modificare la relazione tra lei, Stefan e Damon. Ma Stefan sembrava dare per scontato che tutto dovesse tornare com'era prima del suo rapimento.

Perché preoccuparsi del domani, quando quella sera era sufficiente a farle versare lacrime di gioia?

Era la sensazione più bella del mondo, la consapevolezza che lei e Stefan erano *insieme*, e gli fece promettere e ripromettere che non l'avrebbe lasciata mai più per un'altra delle sue ricerche, neanche per poco tempo, per nessun motivo.

Ormai non riusciva nemmeno a concentrarsi sulle cose di cui si era preoccupata prima. Lei e Stefan avevano sempre trovato il paradiso l'uno nelle braccia dell'altra. Erano destinati a stare insieme per sempre. Nient'altro importava, adesso che lui era a casa.

"Casa" era ovunque lei e Stefan fossero insieme.

6

Bonnie non riusciva a dormire dopo ciò che le aveva detto Damon. Avrebbe voluto parlare con Meredith, ma lei era profondamente addormentata.

Allora pensò di scendere in cucina e accoccolarsi nel salottino con una tazza di cioccolato caldo, sola con i suoi pensieri tetri. Bonnie non era brava a stare sola con se stessa.

Ma andò a finire che, quando scese al piano di sotto, non si diresse in cucina. Andò dritta in salotto. Ogni cosa era cupa e assumeva un aspetto strano nella silenziosa oscurità. Se avesse acceso la luce, gli angoli in ombra sarebbero diventati ancora più bui. Ma riuscì, con le dita tremanti, a premere l'interruttore della lampada da terra accanto al divano. Ora, se fosse riuscita a trovare un libro o qualcos'altro…

Stringeva il cuscino come se fosse un orsacchiotto, quando sentì alle sue spalle la voce di Damon. «Povero piccolo pettirosso. Non dovresti essere ancora in piedi a quest'ora, sai».

Bonnie trasalì e si morse un labbro.

«Spero che tu non stia ancora male», disse fredda, mettendocela tutta per mantenere un contegno, anche se sospettava di non essere molto convincente. Ma cosa avrebbe dovuto fare?

La verità era che Bonnie non aveva alcuna possibilità di vincere un duello di arguzia con Damon, e ne era consapevole.

Damon avrebbe voluto rispondere, "Star male? Per un vampiro un'umana bazzecola come questa è…".

Ma, purtroppo, anche lui era umano. E questo sì, faceva male.

Non per molto, si ripromise, guardando Bonnie.
«Credevo che non volessi più vedermi», disse Bonnie, con il mento tremante. Era davvero crudele approfittare di quel piccolo e vulnerabile pettirosso. Ma che scelta aveva?
"Riuscirò a farmi perdonare, un giorno. Lo giuro", pensò. "E almeno adesso posso rendere le cose piacevoli".
«Non ho detto questo», rispose, sperando che Bonnie non ricordasse con esattezza ciò che aveva detto. Se avesse potuto Influenzare la tremante donna-bambina davanti a lui... Ma non poteva. Era un umano.
«Hai detto che mi avresti uccisa».
«Senti, ero appena stato battuto da un umano. Non credo che tu sappia cosa significa, ma non mi succedeva da quando avevo dodici anni ed ero ancora un ragazzino umano».
Bonnie aveva smesso di piangere, anche se continuava a tremarle il mento. "Sei più coraggiosa quando sei spaventata", pensò Damon.
«Mi preoccupano di più gli altri», disse.
«Gli altri?», chiese Bonnie sbattendo le palpebre.
«In cinquecento anni di vita, si finisce per farsi parecchi nemici. Non so, forse dipende dal mio carattere. O semplicemente dal fatto di essere un vampiro».
«Oh. Oh, no!», strillò Bonnie.
«Che importa, pettirosso? Lunga o corta, la vita pare sempre troppo breve».
«Ma... Damon...».
«Non ti preoccupare, gattina. Ho uno dei rimedi della Natura». Damon tirò fuori dal taschino della camicia una fiaschetta dall'inconfondibile odore di Black Magic.
«Oh, l'hai presa! Che bravo!».
«Vuoi assaggiarlo? Prima le signore. Pardon, le signorine».
«Oh, non saprei. Divento terribilmente stupida quando sono brilla».
«Il mondo è stupido. La vita è stupida. Soprattutto quando ti ritrovi a fallire sei volte prima di colazione». Damon aprì la fiaschetta.

«Ma sì, beviamo». Bonnie, visibilmente eccitata all'idea di "ubriacarsi con Damon", sorseggiò il vino con grazia.

Damon tossicchiò per soffocare una risata. «Forse dovresti bere a sorsi più lunghi, pettirosso. O ci vorrà tutta la notte prima che arrivi il mio turno».

Bonnie trasse un gran respiro e poi bevve una bella sorsata. Dopo altre due, Damon stabilì che era pronta.

Le risatine di Bonnie ormai erano inarrestabili. «Penso... penso davvero di averne bevuto abbastanza, no?»

«Che colori vedi qui fuori?»

«Rosa? Viola? Ho indovinato? È già l'alba?»

«Be', forse l'aurora boreale ha fatto una capatina da noi. Ma hai ragione, dovrei portarti a letto».

«Oh, no! Oh, sì! Oh no! No, no, no... *sì*!».

«Shh».

«Shhhh!».

"Fantastico", pensò Damon. "Ho esagerato".

«Intendevo dire, *metterti* a letto», disse deciso. «Su, ti accompagno su in camera al primo piano».

«Perché, hai paura che cada dalle scale?»

«Diciamo di sì. E perché questa camera è molto più bella di quella che dividi con Meredith. Ora va a dormire, e non raccontare a nessuno del nostro piccolo rendez-vous».

«Nemmeno a Elena?»

«A nessuno. O potrei arrabbiarmi con te».

«Oh, no! Non parlerò, Damon: lo giuro sulla tua vita!».

«Be', hai detto una cosa abbastanza... appropriata», commentò Damon. «Buona notte».

Il chiaro di luna avvolgeva la casa come un bozzolo. La luce argentata era velata dalla nebbia. Una figura ossuta, con un cappuccio nero, si avvicinò, sfruttando le ombre così bene che sarebbe passata inosservata anche se qualcuno avesse guardato in quella direzione. Ma non c'era nessuno.

7

Bonnie era nella sua nuova camera al primo piano e si sentiva confusa. Il Black Magic le faceva sempre lo stesso effetto: prima rideva come una pazza e poi le veniva un gran sonno. Ma, per chissà quale motivo, quella notte non riusciva ad addormentarsi. Le faceva male la testa.

Stava per accendere la luce sul comodino, quando una voce familiare le disse: «Ti andrebbe un infuso per il mal di testa?»

«Damon?»

«Ho preparato una tisana con le erbe della signora Flowers, e ho pensato di farne una tazza anche per te. Sei o non sei una ragazza fortunata?». Se Bonnie avesse ascoltato attentamente, avrebbe colto qualcosa di simile al disgusto di sé dietro quel tono leggero. Ma non era attenta.

«Sì!», disse con entusiasmo. La maggior parte delle tisane della signora Flowers erano profumate e avevano un buon sapore. Quella, in particolare, era squisita, ma aveva una consistenza granulosa.

Non solo Damon le aveva portato un'ottima tisana, ma era rimasto a parlare con lei mentre la beveva tutta. Era carino da parte sua.

La tisana le fece uno strano effetto. Non si sentiva proprio assonnata, ma era come se fosse in grado di concentrarsi soltanto su una cosa alla volta. Damon apparve nel suo campo visivo: era come se si muovesse sott'acqua. «Sei più rilassata?», chiese.

«Sì, grazie». Era sempre più strano. Persino la sua voce sembrava lenta e strascicata.

«Volevo assicurarmi che nessuno fosse troppo duro con te per quello stupido equivoco su Elena», spiegò.

«Non lo sono stati, infatti», disse lei. «In realtà, tutti erano più interessati a vedere lo scontro fra te e Matt...». Bonnie si mise una mano sulla bocca. «Oh, no! Non volevo dirlo! Scusa!».

«Non c'è problema. Domani starò già meglio».

Bonnie non riusciva a immaginare perché la gente avesse paura di Damon, che era stato così gentile da raccogliere la sua tazza, dicendo che l'avrebbe posata lui nel lavello. Meglio così, perché in quel momento non sarebbe riuscita alzarsi nemmeno se fosse stata in gioco la sua vita. Era così bello stare accoccolata al calduccio tra le coperte.

«Bonnie, posso chiederti solo un piccolo favore?». Damon fece una pausa. «Non posso dirti perché, ma... devo scoprire dov'è nascosta la sfera stellata di Misao», disse con sincerità.

«Oh... quella», disse Bonnie frastornata. Ridacchiò.

«Sì, quella. E mi dispiace davvero chiedertelo, perché sei così giovane e innocente... Ma so che mi dirai la verità».

Dopo essere stata lodata e consolata in quel modo, a Bonnie sembrava di poter spiccare il volo. «È rimasta sempre nello stesso posto», disse con voce assonnata e sprezzante. «Volevano farmi credere di averla spostata... Ma quando l'ho visto scendere incatenato nella dispensa sotterranea, ho capito che era ancora lì». Nel buio si udì un breve fruscio di riccioli e poi uno sbadiglio. «Se avessero avuto davvero intenzione di spostarla... Avrebbero fatto qualcosa, ad esempio mi avrebbero mandata via».

«Be', forse non volevano mettere in pericolo la tua vita».

«Che?». Bonnie sbadigliò di nuovo. Non era sicura di aver capito cosa volesse dire. «Insomma, una vecchissima cassaforte a combinazione? Io gliel'ho detto... che quelle vecchie casseforti... possono essere... davvero... facili da... da...». Bonnie emise una specie di sospiro e smise di parlare.

«Mi ha fatto piacere questa chiacchierata», mormorò Damon nel silenzio della stanza.

Dal letto non giunse alcuna risposta.

Sollevò il lenzuolo di Bonnie il più possibile e lo lasciò cadere. Le copriva quasi tutto il viso. «*Requiescat in pace*», mormorò Damon. Poi uscì dalla stanza, senza dimenticare la tazza.

Ora... "l'ho visto scendere incatenato nella dispensa sotterranea". Damon rifletté su quella frase mentre lavava con cura la tazza e la riponeva nella credenza. Era una frase piuttosto strana, ma almeno aveva quasi tutti gli indizi, ed era stato piuttosto semplice. Gli servivano solo altre dodici pillole sonnifere della signora Flowers e due piatti abbondanti di carne cruda. Aveva tutti gli ingredienti... Ma non aveva mai sentito parlare di una dispensa sotterranea.

Poco dopo, aprì la porta dello scantinato. No. Non corrispondeva per niente alla descrizione di "dispensa sotterranea" che aveva trovato sul suo cellulare. Spazientito e consapevole che da un momento all'altro sarebbe potuto scendere qualcuno, Damon si girò: rischiava di tornare indietro a mani vuote. C'era un pannello di legno finemente intagliato di fronte al seminterrato. Nient'altro.

Maledizione, era arrivato fin lì e non si sarebbe lasciato ostacolare. Avrebbe riavuto la sua vita da vampiro, altrimenti era meglio morire!

Per dare risalto a quel pensiero, sferrò un pugno contro il pannello di legno.

Suonava vuoto.

Tutta la frustrazione sparì all'istante. Damon esaminò il pannello con molta attenzione. Sì, c'erano dei cardini ben nascosti alle estremità, dove nessuna persona sana di mente avrebbe pensato di cercarli. Era una porta, non un semplice pannello. E senza dubbio si apriva sulla dispensa sotterranea in cui si trovava la sfera stellata.

Le sue sensibili dita non ci misero molto a trovare un punto in cui, premendo, si sentiva un leggero scatto – aveva ancora il senso del tatto più affinato rispetto a quello degli altri umani – e poi la porta si aprì di colpo.

Vide una scalinata. Si mise il pacchetto sottobraccio e cominciò a scendere.

Illuminata dalla piccola torcia che Damon aveva preso dal ripostiglio, la dispensa sotterranea corrispondeva perfettamente alla descrizione: una stanza interrata, umida, che era servita a conservare frutta e verdura prima dell'invenzione del frigorifero. E la cassaforte era proprio come l'aveva descritta Bonnie: un vecchio modello a combinazione, arrugginito, che qualunque scassinatore provetto avrebbe potuto aprire in circa sessanta secondi. Con il suo stetoscopio (aveva sentito dire, una volta, che si poteva trovare qualsiasi cosa nella pensione se si cercava abbastanza bene, e sembrava essere vero), Damon ci avrebbe messo circa sei minuti, concentrato con ogni atomo del corpo nell'ascoltare gli scatti silenziosi dei cilindri della serratura.

Prima, però, doveva domare la Bestia. Era apparso Saber, il cerbero nero, sveglio e vigile dal momento in cui la porta segreta era stata aperta. Senza dubbio avevano usato i vestiti di Damon per insegnargli a ululare come un pazzo quando sentiva il suo odore.

Ma anche Damon conosceva le erbe e aveva saccheggiato la cucina della signora Flowers per trovare un pugno di amamelide, qualche sorso di fragolino, anice, un po' di essenza di menta e qualche esemplare degli olii essenziali tenuti per ogni evenienza sullo scaffale, dolci e pungenti. Mescolandoli, aveva creato una lozione dall'odore intenso che si era spalmato addosso con cura. L'intruglio costituiva per Saber un groviglio inestricabile di odori forti. Il cane sapeva solo che di sicuro non era Damon l'uomo seduto sui gradini che gli lanciava generose pallottole di hamburger e tenere strisce di filetto mignon. Rimase a cuccia e le inghiottì tutte in solo boccone. Damon osservò con interesse l'animale che divorava il miscuglio di sonnifero e carne cruda, sbattendo la coda sul pavimento.

Dieci minuti dopo, Saber il cane infernale se ne stava stravaccato per terra, felicemente incosciente.

Dopo altri sei minuti, Damon aprì lo sportello di ferro.

Un secondo dopo tirò fuori una federa dall'antiquata cassaforte della signora Flowers.

Alla luce della torcia scoprì che, in effetti, fra le mani aveva una sfera stellata, ma era piena poco più che a metà.

Che cosa significava? Alla sommità era stato praticato un foro molto preciso, poi tappato per non sprecare altre gocce preziose.
Ma chi aveva usato il fluido mancante, e perché? Solo due giorni prima, Damon aveva visto con i suoi occhi la sfera stellata ricolma del liquido brillante e opalescente.
Per qualche motivo, in quei due giorni, qualcuno aveva usato l'energia vitale di circa centomila persone.
Forse aveva tentato qualche atto eroico e aveva fallito, bruciando tutto quel Potere. Stefan non poteva averne consumato così tanto, perché era troppo buono. Damon ne era sicuro. Ma...
Sage.
Con una Convocazione Imperiale in mano, Sage avrebbe potuto fare qualsiasi cosa. Così, qualche tempo dopo che la sfera stellata era stata portata nella pensione, Sage aveva versato circa metà della forza vitale contenuta all'interno della sfera, e poi, senza dubbio, l'aveva lasciata aperta, tanto ci avrebbe pensato Mutt o qualcun altro a tapparla.
E una quantità di Potere così smisurata poteva essere servita a un solo scopo: aprire il Portale della Dimensione Oscura.
Damon lasciò uscire il fiato molto lentamente e sorrise. Non c'erano molte vie d'accesso alla Dimensione Oscura, e come umano non poteva certo andare in Arizona e passare da un Portale pubblico come aveva fatto la prima volta con le ragazze. Ora aveva qualcosa di meglio. Una sfera stellata per aprire il suo Portale personale. Per quel che ne sapeva, non c'erano altri modi per passare, a meno che non si fosse abbastanza fortunati da possedere una delle quasi leggendarie Chiavi Universali che permettevano di viaggiare a piacimento fra le dimensioni.
Era molto probabile che, un giorno o l'altro, la signora Flowers avrebbe trovato un altro bigliettino di ringraziamento in qualche angolo della casa, insieme a qualcosa di inestimabile, nel vero senso della parola. Sarebbe stato un oggetto di rara bellezza e d'incalcolabile valore, forse proveniente da una dimensione piuttosto lontana dalla Terra. Era quello il modo d'agire di Sage.
Di sopra tutto era tranquillo. Gli umani confidavano che i loro

animali da guardia li avrebbero tenuti al sicuro. Damon ispezionò brevemente la dispensa sotterranea e vide solo una stanza buia e completamente vuota. C'era soltanto la cassaforte che aveva appena chiuso. Gettò i suoi attrezzi nella federa, fece una carezza a Saber, che stava russando piano, e si girò verso la scalinata.

Fu allora che vide una figura in piedi sulla soglia. L'intruso si nascose subito dietro la porta, ma Damon aveva visto abbastanza.

In mano stringeva un bastone da combattimento alto quanto lui.

Ciò significava che era un cacciatore. Di vampiri.

Damon, ai suoi tempi, aveva avuto molti incontri, perlopiù brevi, con i cacciatori di vampiri. Erano, a suo parere, bigotti, irragionevoli e persino più stupidi della media degli umani, perché di solito erano cresciuti a suon di leggende su vampiri con i canini grossi come zanne che squarciavano la gola delle vittime, uccidendole sul colpo. Damon era il primo ad ammettere che esistevano creature del genere, ma la maggior parte dei vampiri era più sobria. I cacciatori di solito lavoravano in gruppo, ma Damon aveva la sensazione che quello fosse solo.

Salì le scale lentamente. Era piuttosto sicuro dell'identità del cacciatore, ma se si fosse sbagliato, avrebbe dovuto schivare un bastone scagliato contro di lui come un giavellotto. Nessun problema, se fosse stato ancora un vampiro. Disarmato e nella grave posizione di svantaggio tattico in cui si trovava, sarebbe stato un po' più complicato. Arrivò incolume in cima alle scale. Quello era il momento più rischioso, perché un'arma della lunghezza giusta avrebbe potuto farlo ruzzolare giù fino all'ultimo gradino. Naturalmente un vampiro non si sarebbe procurato un danno permanente per una caduta del genere, ma lui, purtroppo, non era più un vampiro.

Tuttavia, il cacciatore, nascosto in cucina, gli permise di risalire dalla dispensa sotterranea senza intralciarlo.

Un assassino con il senso dell'onore. Che carino.

Si girò lentamente per valutare il suo cacciatore di vampiri. Ne fu subito impressionato.

Non furono tanto la forza e l'abilità necessarie a descrivere un otto con il bastone da combattimento che lo colpirono. Fu l'arma stessa. Il bilanciamento perfetto e l'impugnatura al centro, con decorazioni evidenziate da gemme, dimostravano che chi l'aveva creata era dotato di ottimo gusto. Le punte provavano che era provvisto anche di senso dell'umorismo. Le due estremità del bastone erano di legno d'ebano, fatte per durare, ma non mancavano gli accorgimenti estetici. La forma riprendeva quella di una delle armi più antiche del genere umano, la lancia con punta di selce. Ma dai due "frammenti di selce" fuoriuscivano piccoli chiodi, fissati saldamente nel legno. I chiodi erano di materiali differenti: d'argento per i lupi mannari, di legno per i vampiri, di frassino bianco per gli Antichi, di ferro per tutte le altre creature sovrannaturali. Ce n'era anche qualcuno di un materiale che Damon non riuscì a riconoscere.

«Sono ricaricabili», spiegò il cacciatore. «Gli aghi ipodermici iniettano un veleno al momento dell'impatto. E, ovviamente, la tossina è diversa per ogni specie: semplice e di rapido effetto per gli umani, a base di aconito per quegli orribili cuccioli di lupo, e così via. È un vero gioiello. Mi sarebbe piaciuto trovarla prima che c'imbattessimo in Klaus».

Poi si riscosse e tornò in sé.

«Allora, Damon, che sta succedendo?», chiese Meredith.

8

Damon annuì meditabondo, facendo scorrere lo sguardo dal bastone da combattimento alla federa che aveva in mano.

Non lo sospettava forse da tanto tempo? Inconsciamente? Dopotutto, avevano attaccato suo nonno, anche se non erano riusciti né a ucciderlo né a cancellargli del tutto la memoria. Immaginò il resto: i suoi genitori, non vedendo alcun motivo per rovinare la vita della figlioletta con quelle storie macabre, avevano deciso di voltare completamente pagina e si erano trasferiti a Fell's Church, una cittadina appartata e provinciale, dove potevano permettersi di deporre le armi.

Se solo avessero saputo.

Oh, senza dubbio si erano assicurati che Meredith si esercitasse fin da piccola nelle arti marziali e nell'autodifesa, facendole giurare di mantenere l'assoluta segretezza, anche con i suoi migliori amici.

Perfetto, pensò Damon. Il primo degli indovinelli di Shinichi era già risolto. "*Uno di voi ha mantenuto un segreto per tutta la vita*". Aveva sempre saputo che in quella ragazza c'era qualcosa di strano... ora sapeva cos'era. Era cintura nera, ci avrebbe scommesso la vita.

Restarono in silenzio a lungo. Poi Damon fece la prima mossa.

Anche i tuoi antenati erano cacciatori?, chiese con il pensiero, come se lei potesse sentirlo. Aspettò un minuto, ancora in silenzio. Okay, non era telepatica. Questo era un bene. Indicò il suo formidabile bastone. «È stato sicuramente costruito per un uomo o una donna di alto lignaggio».

Meredith non era stupida. Parlò senza distogliere lo sguardo dal suo. Era pronta in ogni momento a colpire per uccidere. «Siamo persone normali, facciamo solo il nostro lavoro per proteggere degli umani innocenti».

«Uccidendo un paio di vampiri ogni tanto».

«Be', finora, stando alla storia ufficiale, dire "Se disobbedisci, mamma ti sculaccia" non è mai bastato a convertire un solo vampiro al vegetarianismo».

A Damon sfuggì una risata. «Peccato che non siate nati prima, avreste convertito Stefan. Sarebbe potuto essere il vostro più grande successo».

«Credi che sia divertente. Ma noi abbiamo davvero dei convertiti».

«Sì. Un vampiro direbbe qualsiasi cosa quando gli punti contro un paletto».

«Vampiri che sentono che è sbagliato Influenzare gli altri, far loro credere di ricevere qualcosa in cambio di niente».

«Esatto! Meredith! Permettimi di Influenzarti!».

Stavolta fu Meredith a ridere.

«No, parlo sul serio! Quando sarò di nuovo un vampiro dovresti permettermi di Influenzarti, così non avrai più tanta paura di un morso. Giuro che berrò solo un goccio di sangue. Ma avrò il tempo di mostrarti...»

«Una bella casa di zucchero candito che non potrebbe mai esistere davvero? Una parente morta dieci anni fa, che inorridirebbe se sapesse che mi stai rubando il suo ricordo e lo stai usando per adescarmi? La fine della fame nel mondo, che, come tutti i sogni, non riempie la pancia a nessuno?».

"Questa ragazza è pericolosa", pensò Damon. Forse ai cacciatori venivano insegnate delle tecniche Anti-Influenza. Ansioso di mostrarle che i vampiri, o gli ex vampiri, o i "vampiri una volta, vampiri per sempre" avevano delle buone qualità, come il coraggio, lasciò cadere la federa e afferrò con entrambe le mani la punta del bastone da combattimento.

Meredith alzò un sopracciglio. «Non ti ho appena detto che alcuni dei chiodi che ti sei appena conficcato nella mano sono velenosi? Oppure non stavi ascoltando?».

Anche lei aveva immediatamente afferrato il bastone, al di sopra della zona pericolosa.

«Sì, me l'hai detto», disse lui con aria imperscrutabile... O almeno sperava.

«In particolare ho detto "velenoso sia per gli umani sia per i lupi mannari e le altre creature". Ricordi?»

«Sì, mi hai detto anche questo. Ma preferisco morire piuttosto che vivere come umano, quindi... Che il gioco abbia inizio». Detto ciò, Damon cominciò a spingere il bastone a due punte verso il cuore di Meredith.

Lei passò subito al contrattacco, spingendo il bastone contro di lui. Ma Damon aveva tre punti a suo favore, come presto capirono entrambi. Era leggermente più alto e dotato di una muscolatura più robusta di quella di Meredith, che pure era flessuosa e atletica; le sue braccia erano più lunghe; e aveva assunto una posa molto più aggressiva. Anche se sentiva le punture degli aghi avvelenati nei palmi delle mani, spinse il bastone in avanti e poi in alto, finché la punta letale non sfiorò di nuovo il cuore della ragazza. Meredith lo respinse con una forza straordinaria e poi, di colpo, si ritrovarono al punto di partenza.

Damon alzò lo sguardo per capire come fosse successo, e vide con orrore che anche lei aveva afferrato il bastone dalla parte letale. Anche le sue mani grondavano sangue.

«Meredith!».

«Che c'è? Prendo sul serio il mio lavoro».

Nonostante l'ottima mossa di Meredith, lui era più forte. Avanzò lentamente, sforzandosi di non mollare la presa nonostante i palmi lacerati, continuando a esercitare pressione con le braccia. E Meredith, pian piano, fu costretta ad arretrare, rifiutando di arrendersi, finché si trovò con le spalle al muro.

Rimasero così, con tutta la lunghezza del bastone fra loro, e con il frigorifero a muro dietro le spalle di Meredith.

Damon riusciva a pensare solo a Elena. Se lui fosse sopravvissuto e Meredith non ce l'avesse fatta, cosa gli avrebbero detto i suoi occhi di malachite? Come avrebbe potuto vivere con il peso di quello sguardo?

E poi, con un gesto esasperato, come una giocatrice di scacchi che rovescia il proprio re, Meredith lasciò andare la lancia, riconoscendo la superiorità dell'avversario.

Dopodiché, come se non avesse alcuna paura di dargli le spalle, prese un vasetto di unguento dalla credenza della cucina, ne raccolse un po' con le dita e fece cenno a Damon di tendere le mani. Lui aggrottò la fronte. Non aveva mai sentito che un veleno entrato in circolo nel sangue potesse essere curato con una pomata.

«Non ho messo un vero veleno negli aghi per gli umani», disse lei con calma. «Ma avrai i palmi lacerati e questo è un ottimo rimedio. È antico, tramandato da generazioni».

«Gentile da parte tua condividerlo», disse con il suo tagliente sarcasmo.

«E ora che facciamo? Cominciamo da capo?», aggiunse mentre Meredith cominciava a spalmarsi con calma l'unguento sulle mani.

«I cacciatori hanno un codice, sai. Hai vinto la sfera. Presumo che tu abbia intenzione di fare quello che Sage ha già fatto, a quanto pare. Aprire il Portale per la Dimensione Oscura».

«Aprire il Portale per *le* Dimensioni Oscure», corresse lui. «Credo di averne già parlato. Ce n'è più di una. Ma io voglio soltanto diventare di nuovo un vampiro. Possiamo continuare a parlare mentre andiamo, giacché vedo che entrambi indossiamo ancora i nostri costumi da topi d'appartamento».

Meredith era abbastanza coperta rispetto a lui: aveva dei jeans neri e un pullover leggero dello stesso colore. Con i lunghi e lucidi capelli scuri appariva inaspettatamente bella. Damon, che aveva preso in considerazione l'idea di trapassarla con il bastone, solo per fare un favore alla specie dei vampiri, esitò. Se lei non gli avesse creato problemi mentre apriva il Portale, l'avrebbe lasciata andare, decise. Si sentiva magnanimo. Per la prima volta era riuscito ad affrontare e vincere la terribile Meredith e, inoltre, anche lei aveva un codice d'onore. Sentiva una specie di affinità con lei.

Con ironica galanteria, le cedette il passo, mantenendo il possesso della federa e del bastone da combattimento.

Quando Damon chiuse piano la porta d'ingresso, vide che stava per spuntare l'alba. Tempismo perfetto. Il bastone catturò i primi raggi di luce. «Vorrei farti una domanda», disse, guardando i lunghi e serici capelli scuri di Meredith. «Hai detto di aver trovato questo magnifico bastone solo dopo che Klaus, il diabolico Antico, era morto. Ma venendo da una famiglia di cacciatori, avresti potuto essere un po' d'aiuto quando cercavamo di liberarci di lui. Per esempio, menzionando il fatto che solo il frassino bianco poteva ucciderlo».

«I miei genitori non si occupavano più attivamente della nostra "tradizione di famiglia"... Non lo sapevano. Certo, venivano entrambi da famiglie di cacciatori. È un prerequisito, serve a tenerti fuori dai giornali scandalistici e...»

«...dagli archivi della polizia...».

«Mi lasci parlare o vuoi fare il tuo solito monologo?»

«Hai ragione», disse lui, soppesando il bastone molto appuntito. «Ti ascolto».

«Ma anche se avevano scelto di ritirarsi, sapevano che un vampiro o un lupo mannaro avrebbero potuto prendersela con me se avessero scoperto la mia identità. Così una volta a settimana, dopo la scuola, frequentavo una "lezione di clavicembalo" e una di "equitazione"... Ho cominciato quando avevo tre anni. Sono Maestra Cintura Nera di Karate e Taekwondo. Sono pronta per lo studio dello Stile del Drago di Kung Fu...»

«Sì, ho afferrato il concetto. Ma allora quando hai trovato questa splendida arma letale?»

«Dopo la morte di Klaus, mentre Stefan badava a Elena, che era tornata in vita con la mente di una bambina piccola, il nonno all'improvviso cominciò a parlare... Disse solo poche parole, slegate fra loro, ma m'incuriosirono e andai a dare un'occhiata in soffitta. L'ho trovato lì».

«Quindi sul serio non sai come usarlo?»

«Ho cominciato a fare pratica solo quando è arrivato Shinichi. Ma no, non ho proprio idea di come funzioni veramente. Comunque sono piuttosto brava con il Bo, il bastone giapponese, quindi lo uso come se fosse un Bo».

«Contro di me non lo stavi usando come un Bo-Jutsu».

«Speravo di *convincerti*, non di ucciderti. Non avrei saputo come spiegare a Elena che ti avevo rotto tutte le ossa».

Damon trattenne a stento una risata.

«Quindi come si spiega che una coppia di cacciatori "in congedo" abbia deciso di trasferirsi proprio in una città al centro di un centinaio di linee energetiche?»

«Credo che non sapessero cosa fosse una linea naturale di Potere. E Fell's Church sembrava piccola e pacifica... all'epoca».

Trovarono il portale ed era proprio come Damon l'aveva visto l'ultima volta: una fossa rettangolare profonda circa un metro e mezzo.

«Ora siediti là», ordinò a Meredith, indicando un angolo dalla parte opposta rispetto a quella in cui aveva lasciato il bastone.

«Hai pensato, anche per un secondo, a quello che succederà a Misao se versi tutto il liquido là dentro?»

«In realtà, no. Non me ne sono preoccupato neanche per un microsecondo», disse Damon in tono allegro. «Perché? Credi che lei lo farebbe per me?».

Meredith sospirò. «No. È questo il problema con voi due».

«Di sicuro al momento lei è un *vostro* problema, anche se, dopo la distruzione della città, potrei fermarmi un minuto per fare una chiacchierata a quattr'occhi con suo fratello sul concetto di fedeltà a un giuramento».

«Quando sarai diventato abbastanza forte da batterlo?»

«Be', perché non fai qualcosa *tu*? È la tua città che hanno distrutto, dopotutto», disse Damon. «Ragazzini che fanno del male a loro stessi e agli altri, e ora adulti che attaccano i loro figli...».

«Sono spaventati a morte o sono posseduti da quei *malach* che le volpi continuano a spargere dappertutto...».

«Già, e così anche la paura e la paranoia continuano a diffondersi. Fell's Church sarà anche piccola, rispetto alla media degli altri genocidi che hanno provocato, ma è un luogo importante perché è situato sopra...»

«Tutte quelle linee energetiche di potere magico... Sì, sì, lo so. Ma a te non importa per niente? Di noi? Di quello che vogliono farci? Almeno c'è qualcosa che ti stia a cuore?», chiese Meredith.

Damon pensò alla piccola, quieta figura nella camera da letto al primo piano e provò un senso di nausea. «Te l'ho già detto», sbottò. «Tornerò per una chiacchierata con Shinichi».

Detto ciò, stappò la sfera e cominciò a versare il liquido su uno degli angoli della fossa rettangolare. In effetti, ora che si trovava davanti al Portale, si accorse di non avere idea di quello che avrebbe dovuto fare. Il giusto procedimento poteva essere saltar dentro e versare tutto il liquido della sfera stellata al centro. Ma i quattro angoli sembravano indicare quattro diversi punti su cui versare, e si stava attenendo a questa intuizione.

Si aspettava che Meredith provasse a mandare tutto all'aria. Per esempio, che tentasse di tornare in casa. O che almeno facesse un po' di rumore. O ancora, che lo attaccasse alle spalle ora che aveva lasciato il bastone. Ma, a quanto pareva, il suo codice d'onore glielo proibiva.

"Strana ragazza", pensò. "Ma le lascerò il bastone, perché appartiene davvero alla sua famiglia e, comunque, finirei per farmi uccidere appena atterrato nella Dimensione Oscura. Uno schiavo che porta un'arma, soprattutto un'arma come quella, non ha alcuna possibilità".

Versò con cautela quasi tutto il liquido rimasto nell'ultimo angolo e fece un passo indietro per vedere cosa sarebbe successo.

Uno scoppio di sfavillante luce bianca! All'inizio fu tutto ciò che riuscì a percepire.

E poi pensò trionfante: "Ce l'ho fatta! Il Portale è aperto!".

«Al centro del livello superiore della Dimensione Oscura, per favore», disse educatamente alla fossa sfavillante. «Preferirei prendere una strada isolata, se non ti dispiace». E poi fece per saltare nella fossa.

Ma non ci riuscì. Proprio quando aveva cominciato a piegare le ginocchia, qualcosa lo colpì al fianco destro. «Meredith! Pensavo...».

Ma non era Meredith. Era Bonnie.

«Mi hai ingannata! Non puoi andare lì!». Piangeva e strillava.

«Sì che posso! Lasciami... Prima che scompaia!».

Cercò di scrollarsela di dosso, mentre la sua mente turbinava invano. Non più di un'ora prima, aveva lasciato quella ragazza addormentata tanto profondamente da sembrare morta. Quanto poteva resistere un corpo così piccolo?

«No! Ti uccideranno! Ed Elena ucciderà me! Ma io morirò per prima, perché sarò ancora qui!».

Era del tutto sveglia e in grado di mettere insieme i pezzi.

«Umana, ti ho detto di lasciarmi», ringhiò. Scoprì i denti, ma non ottenne l'effetto sperato: Bonnie nascose la testa nella sua giacca e si avvinghiò a lui come un koala, con le gambe strette intorno alla sua coscia.

"Con un paio di schiaffi ben assestati dovrei togliermela di dosso", pensò Damon.

E sollevò la mano.

9

Damon lasciò cadere la mano. Non ce la faceva proprio. Bonnie era debole, sventata, inutile nel combattimento, facile da confondere...

"Ecco", pensò. "Sfrutterò la sua ingenuità!".

«Lasciami almeno per un secondo», la blandì. «Così posso prendere il bastone...»

«No! Se ti lascio, salterai! Che bastone?», disse Bonnie tutto d'un fiato.

...e testarda, priva di senso pratico...

Quel bagliore intenso stava cominciando a tremolare?

«Bonnie», disse a bassa voce, «dico sul serio, davvero. Se non mi lasci, te la farò vedere io... e non ti piacerà, lo giuro».

«Fa' quel che dice», implorò Meredith, che si trovava poco lontano. «Bonnie, sta andando nella Dimensione Oscura! Ma se continui così, finirai per andarci con lui... e stavolta sarete entrambi schiavi! Prendi la mia mano!».

«Prendi la sua mano!», urlò Damon, quando la luce cominciò a tremolare davvero e per un istante divenne meno accecante. Avvertì che Bonnie si muoveva e cercava di capire dove fosse Meredith, e poi la sentì dire, «Non posso...».

E caddero nel vuoto.

L'ultima volta che avevano viaggiato attraverso un Portale, erano chiusi in una scatola simile a un ascensore. Quella volta, invece, stavano volando. C'erano solo loro due e la luce, e ne erano così accecati che non riuscivano a parlare. Una luce splendente, fluttuante, bellissima...

E poi si ritrovarono in un vicolo così stretto che riuscivano appena a stare l'uno di fronte all'altra, e fra edifici così alti che non lasciavano quasi passare la luce.

No, non era quello il motivo della penombra, pensò Damon. Ricordava quel perpetuo bagliore rosso sangue. Non proveniva dai lati della stretta fenditura del vicolo. Quindi, in pratica, erano nella terra dell'eterno crepuscolo rosso porpora.

«Hai capito dove siamo?», bisbigliò furioso Damon.

Bonnie annuì. Sembrava felice di averlo già indovinato. «In pratica, siamo nella terra dell'eterno crepuscolo rosso...».

«Merda!».

Bonnie si guardò attorno. «Non sento nessuna puzza», disse cauta, e si controllò le suole delle scarpe.

«Siamo», disse Damon lentamente, come se avesse bisogno di calmarsi prima di pronunciare ogni parola, «in un mondo in cui possiamo essere frustati, scorticati vivi e decapitati solo per averci messo piede».

Bonnie provò a stare su una gamba sola e poi fece un salto sul posto, come se diminuire il tempo d'interazione con il terreno potesse aiutarli in qualche maniera. Lo guardò per ricevere ulteriori istruzioni.

Damon l'afferrò per le spalle e la osservò con attenzione, mentre la verità si faceva improvvisamente strada dentro di lui. «Sei ubriaca!», sussurrò alla fine. «Non sei nemmeno del tutto sveglia! E io che cercavo di farti ragionare: sei una sonnambula ubriaca!».

«Non è vero!», disse Bonnie. «E... anche se fosse, dovresti essere più carino con me. È colpa tua se sono in questo stato».

In fondo, ma molto in fondo, Damon sapeva che aveva ragione. Era stato lui a farla ubriacare, per poi drogarla con una dose di siero della verità e sonniferi. Ma quello era solo un fatto, e non aveva niente a che vedere con i sentimenti che provava a riguardo. E provava, più che altro, frustrazione, perché non c'era alcun modo di andare avanti con quella creatura troppo dolce e gentile alle calcagna.

Ovviamente, la cosa più saggia sarebbe stata allontanarsi da lei al più presto e lasciare che la città, quell'immensa metropoli di perdizione, la inghiottisse tra le sue fauci dai grandi denti neri, cosa che sarebbe senza dubbio accaduta se lei avesse fatto una dozzina di passi su quelle strade senza di lui. Ma, ancora una volta, qualcosa dentro di lui gli impedì di abbandonarla. E capì che, quanto prima avrebbe ammesso di tenere a lei, tanto prima avrebbe trovato un posto in cui lasciarla per cominciare a occuparsi delle proprie faccende.

«Quello cos'è?», chiese prendendole una mano.

«Il mio anello d'opale», rispose con orgoglio Bonnie. «Vedi, sta bene su tutto, perché è di tutti i colori. Lo porto sempre. È semplice ed elegante». Permise di buon grado a Damon di sfilarglielo per esaminarlo.

«Quelli sui lati sono diamanti veri?»

«Bianchi purissimi e senza imperfezioni», disse Bonnie, sempre con orgoglio. «L'ha fatto Lucien, il fidanzato di Lady Ulma, nel caso avessimo avuto bisogno di staccare le gemme e venderle...». Ci arrivò presto. «Hai intenzione di prendere le pietre e venderle! No! No, no, no, no, no!».

«Sì! Devo farlo, se vuoi avere qualche possibilità di sopravvivere», disse Damon. «E se dici ancora una parola o non fai esattamente quello che ti dico, ti lascerò qui da sola. E morirai». La guardò con gli occhi socchiusi, minacciosi.

Bonnie si trasformò di colpo in un uccellino spaventato. «D'accordo», mormorò, con le lacrime che le si raccoglievano sotto le ciglia. «Cosa vuoi farci?».

Trenta minuti dopo era in prigione; più o meno. Damon l'aveva sistemata in un appartamento al secondo piano con una sola finestra coperta da una tenda a rullo, e le aveva intimato di tenerla sempre abbassata. Era riuscito a dare in pegno l'opale e i diamanti, e aveva pagato un extra alla padrona di casa, una donna acida e priva di senso dell'umorismo, perché portasse a Bonnie due pasti al giorno, l'accompagnasse al bagno quando necessario, e si dimenticasse di lei il resto del tempo.

«Ascolta», disse a Bonnie, che stava ancora piangendo in silenzio dopo che la padrona di casa li aveva lasciati soli. «Cercherò di venire a trovarti fra tre giorni. Se non mi vedi entro una settimana, vuol dire che sono morto. Allora tu... Non piangere! Ascolta! Allora dovrai usare questi gioielli e i soldi per fare tutto il percorso da *qui a qui*, dove spero si trovi ancora la tenuta di Lady Ulma».

Le diede una mappa e un borsellino pieno delle monete e delle gemme rimaste dopo il pagamento di vitto e alloggio. «Se dovesse succedere – e ti prometto che non succederà – cerca di viaggiare solo di giorno, quando sono tutti indaffarati. Tieni gli occhi bassi, smorza l'aura e non parlare con nessuno. Indossa questo grembiule di juta e porta questa sporta di cibo. Prega che nessuno ti faccia domande, e fingi di essere impegnata a sbrigare delle commissioni per il tuo padrone. Oh, già». Damon frugò nella tasca della giacca e prese due braccialetti da schiava, piccoli e metallici, comprati insieme alla mappa. «Non toglierli mai, nemmeno quando dormi o mangi... *Mai*».

La guardò minaccioso, ma Bonnie era già sull'orlo di un attacco di panico. Tremava e piangeva, ma era troppo spaventata per dire una parola. Da quando erano entrati nella Dimensione Oscura aveva contenuto l'aura il più possibile e tenuto alte le difese mentali; non era necessario che lui le dicesse di farlo. Era in pericolo. Lo sapeva.

Damon concluse in modo più indulgente. «So che sembra difficile, ma posso assicurarti che, personalmente, non ho la benché minima intenzione di morire. Cercherò di venire a trovarti, ma attraversare i confini dei vari settori è pericoloso, ed è ciò che dovrò fare per tornare qui, probabilmente. Cerca solo di avere pazienza e te la caverai. Ricorda, il tempo qui passa in modo diverso rispetto alla Terra. Possiamo restare per settimane e tornare nello stesso istante in cui siamo partiti. E guarda», indicò la stanza, «dozzine di sfere stellate! Le puoi guardare tutte».

Erano sfere stellate del tipo più comune, di quelle che al loro interno non avevano Potere ma ricordi, racconti o lezioni. Bastava appoggiarne una alla tempia per venire immersi in qualunque cosa vi fosse stata registrata dentro.

«Meglio della televisione», disse Damon. «Molto meglio».

Bonnie fece un lieve cenno con il capo. Era ancora avvilita, esile e minuta, la sua pelle era così pallida e delicata, e i capelli così simili a un incendio ravvivato dalla fioca luce cremisi che penetrava dalla tenda, che, come al solito, Damon si intenerì un poco a guardarla. «Hai delle domande?», chiese alla fine.

Bonnie disse lentamente: «E... tu sarai...?»

«Là fuori a cercare la versione vampiresca dell'annuario delle celebrità o del *Libro dei Pari*», disse Damon. «Cerco una signora di alto rango».

Dopo che Damon se ne fu andato, Bonnie osservò la stanza.

Era orrenda. Tutta marrone scuro, semplicemente orrenda! Aveva cercato di salvare Damon impedendogli di tornare nella Dimensione Oscura perché ricordava l'orribile trattamento riservato agli schiavi, che per la maggior parte erano umani.

Ma lui l'aveva ringraziata per questo? Neanche lontanamente! E poi, mentre cadevano insieme nel tunnel di luce, aveva pensato che almeno sarebbero andati da Lady Ulma, la Cenerentola che, salvata da Elena, aveva ripreso possesso dei propri beni e della propria posizione sociale e aveva disegnato per loro abiti meravigliosi per le serate di gala. Da lei ci sarebbero stati letti spaziosi con lenzuola di raso e cameriere che le avrebbero portato fragole e panna a colazione. Avrebbe potuto chiacchierare con la dolce Lakshmi e con il burbero dottor Meggar e...

Bonnie guardò la carta da parati marrone e lo spoglio pagliericcio riempito alla bell'e meglio, con solo la coperta. Raccolse svogliatamente una sfera stellata e poi la lasciò cadere.

La colse un'improvvisa sonnolenza, che le fece girare la testa. Le sembrava di avere una nebbiolina turbinante davanti agli occhi. Non poteva opporsi in alcun modo. Si diresse traballando verso il letto, vi cadde sopra e si addormentò ancora prima di mettersi sotto le coperte.

«È colpa più mia che tua», disse Stefan a Meredith. «Elena e io eravamo... profondamente addormentati. Non sarebbe riuscito a far nulla, altrimenti. Mi sarei accorto che parlava con Bonnie. Avrei capito che ti stava tenendo in ostaggio. Per favore, non incolpare te stessa, Meredith».

«Avrei dovuto cercare di avvisarti. Non mi sarei mai aspettata che Bonnie uscisse di corsa e lo afferrasse», disse Meredith. I suoi occhi grigio scuro brillavano di lacrime trattenute. Elena le strinse la mano, ma anche lei aveva il magone.

«Di certo non avresti potuto sconfiggere Damon», disse Stefan in tono piatto. «Umano o vampiro... è comunque ben allenato; conosce mosse cui non potresti mai controbattere. Non *puoi* incolpare te stessa».

Elena stava pensando la stessa cosa. Era preoccupata per la scomparsa di Damon... E terrorizzata per Bonnie. Tuttavia, mentre cercava di riscaldarle la mano, una parte della sua mente cercava di spiegarsi le lacerazioni sul palmo di Meredith. La cosa strana era che la ferita sembrava essere stata trattata, forse massaggiata con una lozione. Ma non voleva farle domande seccanti in un momento del genere. Anche perché era davvero lei la causa di tutto. Lei aveva sedotto Stefan la notte prima. Già, più che addormentati, si erano profondamente persi uno nella mente dell'altra.

«Comunque, è colpa di Bonnie, se proprio dobbiamo accusare qualcuno», disse con rammarico Stefan. «Ma al momento sono preoccupato. Damon non avrà intenzione di badare a lei se non voleva che lo seguisse».

Meredith chinò la testa. «È colpa *mia* se si farà male».

Elena si morse il labbro inferiore. C'era qualcosa di sbagliato. Riguardava Meredith, e quello che non le stava dicendo. Le sue mani erano davvero rovinate, ed Elena non riusciva a capire come si fossero ridotte in quello stato.

Come se le avesse letto nel pensiero, Meredith ritrasse la mano dalla sua e la guardò. Osservò entrambi i palmi, mettendoli l'uno accanto all'altro. Erano graffiati e lacerati allo stesso modo.

Meredith chinò ancora di più la testa scura, piegandosi quasi a metà. Poi si raddrizzò, gettando indietro la testa come chi ha appena preso una decisione. «C'è qualcosa che devo dirvi...».

«Aspetta», bisbigliò Stefan, posandole una mano sulla spalla. «Ascolta. Sta arrivando una macchina».

Elena tese l'orecchio. Un istante dopo la sentì anche lei. «Vengono alla pensione», disse, perplessa.

«È troppo presto», disse Meredith. «Il che significa...»

«Dev'essere la polizia. Sono qui per Matt», finì Stefan. «Sarà meglio che vada a svegliarlo. Lo nasconderò nella dispensa sotterranea».

Elena mise il tappo alla sfera stellata per serbare il poco liquido rimasto. «Può prenderla con sé», cominciò, quando Meredith si precipitò all'improvviso dall'altra parte del Portale. Raccolse un oggetto lungo e sottile che Elena non riuscì a identificare, anche dopo aver canalizzato il Potere negli occhi. Vide che Stefan lo fissava sbattendo le palpebre.

«Anche questo dovrebbe andare nella dispensa sotterranea», disse Meredith. «E probabilmente ci sono orme infangate che vengono dalla dispensa e tracce di sangue in cucina. Due posti da pulire».

«Sangue?», cominciò Elena, furiosa con Damon, ma poi scosse la testa e si concentrò sul problema imminente. Alla luce dell'alba vide una macchina della polizia che avanzava verso la pensione come un grosso squalo bianco.

«Muoviamoci», disse Elena. «Su, su, su!».

Tornarono alla pensione, correndo curvi per non farsi vedere. Appena dentro, Elena bisbigliò: «Stefan, devi Influenzarli se puoi. Meredith, cerca di pulire le tracce di fango e sangue. Io vado a prendere Matt: corro meno di voi il rischio di essere presa a pugni quando gli dirò che deve nascondersi».

Tutti si affrettarono a eseguire i compiti assegnati. Nel bel mezzo di tutto ciò, apparve la signora Flowers: indossava una camicia da notte di flanella con sopra una soffice vestaglia rosa e delle pantofole con testoline di coniglio. Quando si udì il primo violento colpo alla porta, aveva già la mano sulla maniglia, così il poliziotto che stava cominciando a urlare «Polizia! Aprite la...», si ritrovò a sbraitare dritto in faccia a una vecchietta che non poteva avere un'aria più fragile e inoffensiva. Finì la frase quasi con un bisbiglio: «...porta?».

«È aperta», disse dolcemente la signora Flowers. La spalancò al massimo, così che Elena riuscì a vedere i due poliziotti, e i due agenti videro Elena, Stefan e Meredith, appena arrivati dalla zona giorno.

«Vogliamo parlare con Matt Honeycutt», disse la poliziotta. Elena notò che l'auto di pattuglia era del Dipartimento dello Sceriffo di Ridgemont. «Sua madre ci ha detto che l'avremmo trovato qui... a seguito di un pressante interrogatorio».

Entrarono, oltrepassando con arroganza la signora Flowers. Elena guardò Stefan: era pallido e aveva la fronte imperlata di sudore. Fissava intensamente la poliziotta, ma lei continuò a parlare come niente fosse.

«Sua madre ha detto che, in pratica, ha vissuto qui di recente», disse, mentre il collega mostrava una specie di modulo.

«Abbiamo un mandato per perquisire l'edificio», disse in tono piatto.

La signora Flowers sembrava indecisa. Si girò a guardare Stefan, poi si soffermò sugli altri ragazzi. «Forse sarebbe meglio se preparassi una bella tazza di tè per tutti, che ve ne pare?».

Stefan stava ancora fissando la donna, con il volto che sembrava più pallido e teso che mai. Elena di colpo si sentì lo stomaco stretto in una morsa di panico. Oddio, anche se gli aveva donato il sangue quella notte, Stefan era debole... Troppo debole persino per Influenzare dei poliziotti.

«Posso farvi una domanda?», disse Meredith con la sua voce calma e pacata. «Non sul mandato», aggiunse, allontanando con una mano il documento. «Come vanno le cose là fuori a Fell's Church? Sapete che sta succedendo?».

"Sta cercando di guadagnare tempo", pensò Elena. Eppure tutti si fermarono per sentire la risposta.

«C'è il caos», rispose la donna sceriffo dopo un momento di pausa. «È come una zona di guerra là fuori. Peggio ancora, perché sono ragazzini quelli che...». Si interruppe e scosse la testa. «Non sono affari nostri. Il nostro compito è trovare un latitante. Ma prima, mentre venivamo al vostro albergo, abbiamo visto una colonna di luce molto intensa. Non proveniva da un elicottero. Suppongo che voi non sappiate di cosa si trattasse, vero?».

Solo una porta spazio-temporale, stava pensando Elena quando Meredith rispose, con la solita calma: «Forse l'esplosione di un trasmettitore di energia? O un fulmine dalla forma strana? Oppure state parlando di un... UFO?», chiese, abbassando ancora di più la voce.

«Non abbiamo tempo per questo», disse l'agente con aria disgustata. «Siamo qui per trovare quell'uomo, Honeycutt».

«Siete liberi di guardare in giro», disse la signora Flowers. Lo stavano già facendo.

Elena era sconvolta e nauseata per due motivi. "*Quell'uomo, Honeycutt*", aveva detto l'agente. Uomo, non ragazzo. Matt aveva già compiuto diciott'anni. Lo avrebbero considerato ancora come un minorenne? In caso contrario, cosa gli avrebbero fatto se alla fine fossero riusciti a prenderlo?

Poi c'era Stefan. Era stato così sicuro, così... convincente quando aveva annunciato di stare di nuovo bene. Aveva parlato di tornare a caccia di animali... Ma la verità era che aveva bisogno di molto più sangue per riprendersi.

Cominciò ad architettare piani, sempre più in fretta. Stefan di sicuro non sarebbe riuscito a Influenzare entrambi i poliziotti senza una donazione molto cospicua di sangue umano.

E se Elena si fosse offerta... Il senso di nausea aumentò e le venne la pelle d'oca... Se gli avesse dato tutto quel sangue, quante probabilità c'erano che diventasse lei stessa un vampiro?

Molte, rispose una voce fredda e razionale nella sua mente. Moltissime, considerando che meno di una settimana prima aveva scambiato il sangue con Damon. Spesso. Senza inibizioni.

Non le restava che attuare l'unico piano che era riuscita a elaborare. Quegli agenti non avrebbero trovato Matt, ma Meredith e Bonnie le avevano raccontato di un altro sceriffo che era venuto da Ridgemont a far domande su Matt… e sulla ragazza di Stefan.

Il problema era che lei, Elena Gilbert, era "morta" nove mesi prima. Non avrebbe dovuto essere lì, e aveva la sensazione che quei poliziotti avrebbero investigato a fondo.

Avevano bisogno del Potere di Stefan. Subito. Non c'era altro modo, non avevano altra scelta. Stefan. Potere. Sangue umano.

Si avvicinò a Meredith, che stava con il capo chino e piegato da un lato, come per ascoltare i passi dei poliziotti al piano di sopra.

«Meredith…».

Meredith si girò verso di lei ed Elena quasi fece un passo indietro per lo shock. La sua carnagione normalmente olivastra era grigia, e il respiro era rapido e superficiale.

Meredith, la calma e composta Meredith, già sapeva ciò che Elena stava per chiederle. Una quantità di sangue che le avrebbe fatto perdere ogni controllo. E in fretta. Questo la terrorizzava. Anzi, provava più che terrore.

"Non può farlo", pensò Elena. "Siamo perduti".

10

Damon si stava arrampicando sul bellissimo pergolato coperto di rose sotto la finestra della camera da letto della Principessa Jessalyn D'Aubigne, una ragazza ricca, bella e famosa che aveva il sangue più blu di qualsiasi altro vampiro della Dimensione Oscura, secondo il libro che aveva comprato. Infatti, aveva appreso ascoltando la gente del posto, sembrava che lo stesso Sage l'avesse trasformata due anni prima e le avesse donato quel grazioso castello. Comunque, anche se all'apparenza era un delicato gioiellino, il castello aveva già dato a Damon parecchi grattacapi. C'era stato quel recinto di filo spinato sul quale si era strappato la giacca di pelle; una guardia insolitamente agile e testarda che era stato davvero un peccato strangolare; e un paio di cani che aveva trattato con il metodo addormenta-Saber: somministrando loro il sonnifero della signora Flowers che aveva portato con sé dalla Terra. Sarebbe stato più facile avvelenarli, ma Jessalyn aveva fama di essere una vera amante degli animali, e Damon aveva bisogno di lei per almeno tre giorni. Sarebbero bastati a fare di lui un vampiro, se nel frattempo non fosse successo qualcos'altro.

Mentre si arrampicava in silenzio sul pergolato, aggiunse mentalmente le lunghe spine delle rose alla lista degli inconvenienti. Ripassò anche il discorso di presentazione preparato per Jessalyn. Quella ragazza aveva e avrebbe avuto per sempre diciott'anni. Ma era una *giovane* diciottenne giacché aveva solo due anni di esperienza come vampiro. Si consolò con questo pensiero mentre si issava sul davanzale della finestra senza far rumore.

Sempre in silenzio, muovendosi lentamente nel caso la principessa avesse in camera degli animali da guardia, Damon scostò vari strati di tende nere traslucide e leggere che impedivano alla sanguigna luce del sole di illuminare la stanza. Affondò gli stivali nella spessa pila di tappeti neri.

Emergendo dal viluppo di tende, vide che tutta la stanza era decorata con un motivo semplice da maestro dei contrasti. Nero lucido e nero opaco.

Era davvero di suo gusto.

C'era un letto enorme, quasi del tutto coperto da altre fluttuanti, velate tende nere. Ai piedi del letto, le tende diafane erano più rade e lasciavano aperto uno spiraglio.

Nel silenzio da cattedrale della spaziosa camera da letto, Damon osservò l'esile figura distesa sotto le lenzuola di seta nera, fra dozzine di piccoli cuscini decorativi.

Era un gioiellino, come il suo castello. Ossatura delicata. Un'aria di assoluta innocenza mentre dormiva. Un fiume etereo di bellissimi capelli scarlatti sparsi sul cuscino. Riusciva a distinguere ogni singolo capello sulle lenzuola nere. Somigliava un po' a Bonnie.

Damon era soddisfatto.

Estrasse lo stesso coltello che aveva puntato alla gola di Elena e, solo per un istante, esitò... Ma no, non era il momento di pensare alla bellezza dorata di Elena. Tutto dipendeva dalla ragazzina con le spalle fragili di fronte a lui. Rivolse la punta del pugnale verso il proprio petto, lontano dal cuore nel caso fosse stato necessario far uscire un po' di sangue... E tossì.

Non accadde nulla. La principessa, con indosso un négligé nero che le lasciava scoperte le braccia dall'aspetto fragile, delicate e pallide come porcellana, continuò a dormire. Damon notò che le unghie delle piccole dita erano laccate dello stesso colore dei capelli.

Due grandi candele cilindriche poste su alti sostegni neri diffondevano un profumo seducente, oltre a fare da orologi: man mano che, bruciando, si accorciavano, era possibile tenere il conto delle ore. L'illuminazione era perfetta. Ogni cosa era perfetta. Eccetto il fatto che Jessalyn fosse ancora addormentata.

Damon tossì di nuovo, più forte, e diede uno scossone al letto.

La principessa si svegliò, alzandosi di scatto ed estraendo dai capelli due pugnali inguainati.

«Chi è là? C'è qualcuno?». Guardava dappertutto tranne che nella direzione giusta.

«Sono solo io, vostra altezza». Damon modulò la voce in un tono basso ma pieno di struggimento. «Non dovete aver paura», aggiunse, quando lei finalmente, imbroccata la direzione giusta, lo vide. S'inginocchiò ai piedi del letto.

Aveva sbagliato un po' i calcoli. Il letto era così alto e largo che il proprio petto e il pugnale erano troppo in basso perché Jessalyn potesse vederli.

«Mi toglierò la vita», annunciò a voce molto alta, per esser sicuro che Jessalyn stesse seguendo bene il programma.

Dopo un paio di secondi la testa della principessa spuntò ai piedi del letto. Si teneva in equilibrio puntellandosi sulle mani e alzando le spalle strette verso il collo. Da quella distanza Damon riuscì a vedere che i suoi occhi erano verdi. Un verde complesso fatto di anelli e puntini di diverse sfumature.

All'inizio lei si limitò a soffiargli contro e a sollevare i pugnali stretti fra le dita laccate di rosso scarlatto. Damon cercò di avere pazienza. Con il tempo avrebbe imparato che tutto ciò non era davvero necessario: infatti, nel mondo reale, mosse del genere erano passate di moda da decenni, e sopravvivevano solo nella narrativa dozzinale e nei vecchi film.

«Mi ammazzerò qui, ai vostri piedi», ripeté Damon, per assicurarsi che lei non perdesse una sola sillaba, o peggio, l'intero concetto.

«Tu… Ti ammazzi?». Era sospettosa. «Ma chi sei? Come sei arrivato qui? Perché vuoi fare una cosa del genere?»

«Sono arrivato seguendo la strada della mia follia. L'ho fatto perché so di non poter più vivere con questa follia».

«Che follia? E lo farai adesso?», chiese con interesse la principessa. «Perché se non lo fai, dovrò chiamare le guardie e… Aspetta un minuto», s'interruppe.

Gli strappò il coltello prima che lui potesse fermarla e lo leccò. «La lama è di metallo», disse, e glielo restituì.

«Lo so». Damon lasciò cadere la testa sul petto, affinché i capelli gli coprissero gli occhi, e disse con voce afflitta: «Sono... umano, vostra altezza».

Vide, sbirciando da sotto le ciglia, che Jessalyn si era illuminata. «Pensavo che fossi solo un qualche stupido, inutile vampiro», disse lei con aria assente. «Ma ora che ti guardo bene...». Si passò sulle labbra la lingua rosea, simile a un petalo di rosa. «Non ha senso sprecare la roba buona, no?».

Era proprio come Bonnie. Diceva tutto ciò che le passava per la testa, senza pensarci un attimo. Gli venne voglia di ridere.

Si rialzò, guardando la ragazza sul letto con tutto l'ardore e la passione di cui era capace... E capì che non era abbastanza. Pensare alla vera Bonnie, sola e infelice, era... Be', faceva l'effetto di una doccia fredda. Ma cos'altro poteva fare?

All'improvviso gli venne un'idea. Prima, quando si era imposto di non pensare a Elena, aveva bloccato ogni genuina passione e desiderio. Ma lo stava facendo per lei, tanto quanto lo faceva per se stesso. Elena non poteva essere la sua Principessa delle Tenebre se lui non era il suo Principe.

Guardò di nuovo la principessa, ma in modo diverso. E sentì che l'atmosfera era cambiata.

«Altezza, non ho il diritto nemmeno di rivolgervi la parola», disse, infilando deliberatamente la punta dello stivale fra le volute di metallo che formavano il telaio del letto. «Siamo entrambi consapevoli che potreste abbattermi con un solo colpo... di questi», disse, indicandosi i denti. «Tuttavia mi avete già ucciso...».

Jessalyn sembrava confusa, ma aspettò.

«...con l'amore. Mi sono innamorato di voi dal primo momento che vi ho vista. Potreste spezzarmi il collo o, come direi se mi fosse permesso toccare le vostre mani bianche e profumate, potreste stringermi le dita intorno alla gola e strangolarmi. Vi imploro di farlo».

Jessalyn cominciava a sembrare perplessa ma eccitata. Arrossendo, gli tese una delle sue piccole mani, ma senza alcuna intenzione di strangolarlo.

«Vi prego, dovete farlo», disse Damon con trasporto, senza distogliere gli occhi da lei. «È l'unica cosa che vi chiedo: che mi uccidiate voi stessa invece di chiamare le guardie, così che l'ultima cosa che vedrò sarà il vostro bellissimo volto».

«Sei malato», decise Jessalyn, pur sembrando ancora disorientata. «È già capitato che altri squilibrati superassero le mura di cinta del mio castello, anche se non sono mai arrivati ai miei alloggi. Ti affiderò a dei dottori, così potranno rimetterti in sesto».

«Per favore», disse Damon, che aveva scostato l'ultima delle trasparenti tende nere e incombeva sulla principessa seduta. «Concedetemi una morte istantanea, piuttosto che lasciarmi morire poco per volta ogni giorno. Non sapete che cosa ho fatto. Non riesco a smettere di sognarvi. Vi ho seguita dappertutto quando siete andata via. Già ora, estasiato dalla vostra nobiltà e dal vostro splendore, sto morendo, e so di essere solo la polvere su cui camminate. Nessun dottore può cambiare tutto ciò».

Jessalyn stava soppesando le sue parole. Ovviamente, nessuno le aveva mai parlato in quel modo.

I suoi occhi verdi si fissarono sulla bocca di Damon. Il labbro inferiore stava ancora sanguinando. Lui scoppiò in una risatina sprezzante. «Una delle vostre guardie mi ha preso e ha giustamente cercato di uccidermi prima che potessi raggiungervi e disturbare il vostro sonno. Temo di essere stato costretto a farla fuori per venire da voi», disse. Stava fra la candela cilindrica e la ragazza sul letto, cosicché la sua ombra incombeva su di lei.

Jessalyn sgranò gli occhi in segno di approvazione, anche se, in realtà, sembrava più fragile che mai. «Sanguini ancora», mormorò. «Potrei...»

«Potete fare quello che volete», la incoraggiò Damon con un sorriso amaro sulle labbra. In effetti, era nelle sue mani.

«Allora vieni qui». Batté il palmo della mano sul letto, vicino a sé. «Come ti chiami?»

«Damon», disse mentre si toglieva la giacca e si sdraiava, puntando uno dei gomiti sul letto e appoggiando il mento sulla mano, con l'aria di chi era avvezzo a quelle cose.

«Damon e basta?»

«Potete accorciarlo ancora di più. Sono solo Vergogna ora», rispose, prendendosi un altro minuto per pensare a Elena e mantenendo lo sguardo ipnotico su Jessalyn. «Ero un vampiro. Sulla Terra. Potente e fiero di esserlo. Ma sono stato raggirato da un kitsune...». Le raccontò una versione distorta della storia di Stefan, omettendo Elena e tutte le sciocchezze sul desiderio di diventare umano. Disse che quando era riuscito a fuggire dalla prigione che gli aveva portato via la sua natura di vampiro, aveva deciso di porre fine alla sua vita umana.

Ma in quel momento aveva visto la Principessa Jessalyn e aveva pensato che, mettendosi al suo servizio, sarebbe riuscito a sopportare di buon grado il suo triste destino. Purtroppo, concluse, tutto ciò aveva solo alimentato i suoi ignobili sentimenti per lei.

«Ora la mia follia mi ha portato al punto di importunarvi nelle vostre stanze. Somministratemi una punizione esemplare, vostra altezza, che faccia tremare gli altri malfattori. Bruciatemi, fatemi frustare e squartare, mettete la mia testa su una picca perché i malintenzionati, prima di osare farvi del male, si gettino nel fuoco». Ormai era sul letto con lei, con il capo leggermente reclinato indietro per esporre la gola nuda.

«Non essere stupido», disse Jessalyn, con una lieve esitazione nella voce. «Anche il più vile dei miei servi vuole vivere».

«Forse perché non vi hanno mai vista davvero. Sguatteri, stallieri... Ma io non posso vivere, sapendo che non potrò mai avervi».

La principessa esaminò Damon, arrossì, lo fissò per un istante negli occhi... e poi lo morse.

«Chiederò a Stefan di scendere nella dispensa sotterranea», disse Elena a Meredith, che si stava strofinando via le lacrime dagli occhi con il pollice.

«Sai che non possiamo farlo. Con la polizia che gira per casa...».

«Allora lo farò io...».

«Non puoi! Sai che non puoi, Elena, o non saresti venuta da me!».

Elena osservò l'amica con attenzione. «Meredith, non è certo la prima volta che doni il sangue», bisbigliò. «Non sembrava affatto che ti desse fastidio...».

«Ne prendeva solo un pochino... E da me sempre meno che dagli altri. E sempre dal braccio. Fingevo di fare un prelievo di sangue dal dottore. Nessun problema. Non era così male nemmeno con Damon, quando eravamo nella Dimensione Oscura».

«Ma ora...». Elena sbatté le palpebre. «Cosa è cambiato?»

«Ora», disse Meredith con un'espressione assente. «Stefan sa che sono una cacciatrice di vampiri. Che ho persino un bastone da combattimento. E ora devo... sottomettermi a...».

A Elena venne la pelle d'oca. Si sentì come se la distanza fra lei e Meredith, in quella stanza, stesse aumentando. «Una cacciatrice di vampiri?», disse, sconcertata. «E cos'è un bastone da combattimento?»

«Non c'è tempo per spiegare ora! Oh, Elena...».

Se il Piano A era Meredith e il Piano B era Matt, non c'era davvero altra scelta. Il Piano C doveva essere lei stessa. Il suo sangue, comunque, era molto più forte di quello di chiunque altro, ed era così pieno di Potere che a Stefan ne sarebbe bastato un...

«No!», bisbigliò Meredith dritto nell'orecchio di Elena, riuscendo in qualche modo a sibilare una parola di fatto priva di sibilanti. «Stanno scendendo le scale. Dobbiamo trovare Stefan, subito! Puoi dirgli di raggiungermi nella cameretta dietro il salotto?»

«Sì, ma...»

«Fallo!».

"E ancora non so cosa sia un bastone da combattimento", pensò Elena, lasciando che Meredith la afferrasse per le braccia e la spingesse verso la camera. "Ma so cos'è un cacciatore di vampiri, e la cosa non mi piace per niente. E quell'arma... A confronto un paletto sembra un coltello da picnic". Tuttavia, inviò a Stefan, che stava seguendo gli agenti al piano inferiore, un messaggio telepatico: *Meredith ha intenzione di donarti tutto il sangue che ti serve per Influenzarli. Non c'è tempo per discutere. Vieni qui subito e, per l'amor di Dio, cerca di avere un'aria allegra e rassicurante.*

Stefan non sembrava collaborativo. *Il sangue che posso prendere da lei non sarà sufficiente per il contatto mentale. Potrebbe...*

Elena perse la pazienza. Era spaventata; nutriva dei sospetti su una delle sue migliori amiche – una sensazione orribile – ed era disperata. Aveva bisogno che Stefan facesse esattamente quello che gli chiedeva. *Vieni qui subito!* Fu l'unico pensiero che proiettò, ma ebbe la sensazione di averlo colpito a piena potenza con i propri sentimenti, perché lui tornò subito premuroso e gentile. *Arrivo, amore*, disse semplicemente.

Mentre la poliziotta perquisiva la cucina e il suo collega la camera da letto, Stefan entrò nella piccola camera degli ospiti al primo piano, che ospitava un letto singolo dalle lenzuola sgualcite. La lampada era spenta, ma grazie alla sua visione notturna, riusciva a distinguere molto bene Elena e Meredith, in piedi davanti alle tende. Meredith era rigida come una persona che soffre di vertigini in procinto di lanciarsi con un elastico da un grattacielo.

Prendi tutto quel che ti serve senza procurarle danni permanenti... E poi cerca di metterla a dormire. E non violare troppo la sua mente...

Starò attento. Tu faresti meglio a uscire nel corridoio, così almeno gli agenti vedranno uno di noi, amore, rispose Stefan senza emettere alcun suono. Elena era allo stesso tempo spaventata e preoccupata per la sua amica, e questo l'aveva fatta precipitare nell'ansia, per cui aveva bisogno di controllare tutto e tutti. Di solito la sua mania del controllo dava buoni risultati, ma in quel caso era inutile, perché se c'era una cosa che Stefan sapeva fare – anche perché non conosceva altro – era succhiare il sangue.

«Voglio chiedere la pace fra le nostre famiglie», disse Stefan, tendendo una mano verso Meredith. Lei esitò e Stefan, anche se stava facendo del suo meglio per trattenersi, non poté evitare di sentire i suoi pensieri, simili a piccole creature che sgattaiolavano alla base della sua mente. Per cosa si stava impegnando? E Stefan in che senso intendeva la parola "famiglia"?

Davvero, è solo una formalità, le disse, cercando di guadagnare terreno su un altro fronte: farle accettare che i loro pensieri venissero in contatto. *Non importa.*

«No», disse Meredith. «È importante. Voglio fidarmi di te, Stefan. Solo di te, ma... Ho ricevuto il bastone solo dopo che Klaus era morto».

Stefan pensò in fretta. «Allora non sapevi di essere...»

«No. Lo sapevo. Ma i miei genitori non sono mai stati attivi come cacciatori. È stato mio nonno a dirmi del bastone».

Stefan ebbe un moto di gioia inattesa. «Allora tuo nonno sta meglio adesso?»

«No... Più o meno». I pensieri di Meredith erano confusi. *La sua voce è cambiata*, stava pensando. *Stefan era davvero felice che il nonno stesse meglio. A molti* umani *non interesserebbe... Non sinceramente.*

«Certo che m'interessa», disse Stefan. «Tanto per cominciare, ha contribuito a salvare le nostre vite e la città. Inoltre, è un uomo molto coraggioso. Se è sopravvissuto all'attacco di un vampiro Antico deve esserlo per forza».

All'improvviso, Meredith gli strinse i polsi con le sue mani fredde, e dalla bocca le uscì un fiume di parole che Stefan riuscì a stento a capire. Ma i pensieri che stavano dietro quelle parole erano chiari e luminosi, e tramite quelli Stefan comprese cosa volesse dire.

«Le uniche cose che so di ciò che accadde quando ero piccola, sono quelle che mi hanno raccontato. I miei genitori mi hanno detto delle cose. Hanno cambiato il mio compleanno – o meglio, hanno cambiato *il giorno* in cui lo festeggiamo – perché un vampiro aveva attaccato mio nonno, e poi lui aveva cercato di uccidermi. Mi hanno sempre detto così. Ma loro come lo hanno saputo? Non erano presenti... Almeno stando a ciò che mi hanno raccontato. E cosa è più probabile, che sia stato mio nonno ad attaccarmi, o un vampiro?». Si fermò, ansante e tremante come una daina dalla coda bianca catturata nella foresta. In trappola e convinta di essere spacciata, e per questo incapace di fuggire.

Stefan si scaldò le mani e le strinse intorno alle dita fredde di Meredith. «Io non ti attaccherò», disse schietto. «E non voglio risvegliare i fantasmi del passato. Ti basta?».

Meredith annuì. Dopo quello sfogo catartico, Stefan sapeva che lei avrebbe voluto meno parole possibili.

«Non aver paura», mormorò, usando lo stesso tono con cui rassicurava le sue prede quando andava a caccia nell'Old Wood. *Va tutto bene, Non c'è ragione di temermi.*

Lei non riusciva a smettere di tremare, ma Stefan la rassicurò nel modo in cui tranquillizzava gli animali della foresta, trascinandola fra le ombre più scure della stanza, calmandola con parole sommesse, anche se i suoi canini urlavano di morderla subito. Dovette ripiegarle il colletto della camicia per esporre la lunga, olivastra colonna del collo, e nel frattempo la litania rilassante si era trasformata nella serie di vezzeggiativi e versi rassicuranti che avrebbe usato per calmare un neonato.

Infine, quando il respiro di Meredith diventò lento e regolare e i suoi occhi si chiusero, Stefan le infilò i canini doloranti nell'arteria, con la massima cautela. Meredith tremò appena. Era tutto tranquillo quando s'immerse rapidamente nella sua mente e vide solo ciò che già sapeva di lei: la sua vita con Elena, Bonnie e Caroline. Feste e scuola, progetti e ambizioni. Picnic. Un tuffo nello stagno. Risate. La quiete si diffondeva come le onde di un grande lago. Il bisogno di calma, di controllo. E poi sempre più indietro...

Il suo ricordo più oscuro e lontano era lì, al centro, dove all'improvviso si apriva un abisso vertiginoso. Stefan si era ripromesso di non immergersi a fondo nella sua mente, ma veniva spinto dalla corrente, trascinato da quel vortice e non poteva opporsi. Le acque si chiusero sulla sua testa e fu risucchiato a velocità pazzesca nel fondale di un altro lago, che non era fatto di serenità, ma di rabbia e paura.

E allora vide quello che era successo, che stava tuttora accadendo e che non avrebbe mai smesso di accadere... lì, al centro dell'animo tranquillo di Meredith.

11

Quando la Principessa Jessalyn D'Aubigne ebbe bevuto il suo sangue a sazietà – e per essere di costituzione così esile aveva una gran sete – arrivò il turno di Damon. Si sforzò di essere paziente con Jessalyn che si ritraeva accigliata alla vista del pugnale d'ebano. La prese in giro, scherzò con lei e giocò ad acchiapparella su e giù per l'enorme letto, e quando finalmente la prese, lei sentì appena la punta del coltello pizzicarle la gola.

Damon, tuttavia, non esitò e posò subito la bocca sul sangue rosso scuro che ne sgorgava. Aveva offerto del Black Magic a Bonnie, versato il liquido della sfera stellata ai quattro angoli del Portale e, infine, aveva penetrato le difese di quel gingillo di castello: tutto per ottenere *questo*, il momento in cui, finalmente, il suo palato umano riusciva ad assaporare il nettare del sangue di un vampiro.

Ed era... paradisiaco!

Era solo la seconda volta nella vita che lo assaggiava da umano. Katerina – Katherine, quando pensava a lei in inglese – era stata la prima, naturalmente. E come avesse potuto uscire di soppiatto, dopo quell'incontro, e, coperta solo dalla sua sottoveste di mussola, andare da quello sbarbatello imbranato di suo fratello, era una cosa che non avrebbe mai capito.

Stava trasmettendo a Jessalyn il suo turbamento. Non poteva permetterselo. Doveva restare calmo e tranquillo mentre beveva quanto più sangue possibile. Non le avrebbe fatto per niente male, e per lui questo faceva la differenza.

Si sforzò di distogliere l'attenzione dal puro, elementare piacere di quello che stava facendo, e cominciò a infiltrarsi nella sua mente con estrema attenzione e delicatezza.

Non fu complicato raggiungerne il nucleo. Chiunque avesse strappato dal mondo umano quella ragazza delicata e dalle ossa fragili, dotandola della natura di un vampiro, non le aveva fatto un favore. Non che lei avesse qualche obiezione morale al vampirismo. Era abituata alla vita facile, a godersela. Sarebbe stata una brava cacciatrice là fuori. Ma in quel castello? Con quei servitori? Era come avere cento camerieri altezzosi e duecento sommelier condiscendenti che la fissavano, costringendola ad abbassare lo sguardo appena apriva la bocca per dare un ordine.

Quella stanza, per esempio. Avrebbe voluto darle un po' di colore, solo una spruzzata di viola qua, un po' di malva là. Certo, lo sapeva che la camera da letto di una principessa vampira doveva essere *soprattutto* nera. Ma quando aveva timidamente accennato la questione del colore a una delle domestiche, la ragazza aveva arricciato il naso e l'aveva guardata dall'alto in basso, come se avesse chiesto di far sistemare un elefante accanto al letto. La principessa non aveva avuto il coraggio di sollevare la questione con la governante, ma nemmeno una settimana dopo erano arrivate tre ceste piene di cuscini decorativi neri. Alcuni opachi, altri lucidi. Eccolo lì il suo "colore". Ma in futuro sua altezza avrebbe potuto essere così gentile da consultare la governante prima di discutere con la servitù dei suoi capricci in materia d'arredamento?

Proprio così, ha parlato dei miei "capricci", pensò Jessalyn, mentre piegava il collo all'indietro e faceva scorrere le unghie lunghe tra i morbidi e folti capelli di Damon. *E poi... Oh così non va bene. Non ci so fare. Sono una principessa vampira, e ho l'aspetto giusto per la parte, ma non sono in grado di impersonarla.*

Siete in tutto e per tutto una principessa, vostra altezza, la blandì Damon. *Avete solo bisogno di qualcuno che faccia rispettare i vostri ordini. Qualcuno che non abbia dubbi sulla vostra superiorità. I vostri servitori sono schiavi?*

No, sono tutti liberi.

Be', questo complica le cose, ma potete sempre sgridarli di più.

Damon si sentiva sazio di sangue di vampiro. Altri due giorni così e sarebbe tornato a essere, se non quello che era una volta, qualcosa di abbastanza simile: un vero vampiro, libero di andare a spasso a suo piacimento per la città. E avrebbe avuto il Potere e lo status di un principe. Tale prospettiva bastava *quasi* a compensare gli orrori che aveva vissuto negli ultimi due giorni. Perlomeno, poteva ripeterselo e provare a crederci.

«Ascoltate», disse all'improvviso, lasciando andare l'esile corpo di Jessalyn per poterla guardare meglio negli occhi. «Illustre Altezza, permettetemi di farvi un favore prima di morire d'amore o che voi mi facciate giustiziare per la mia impudenza. Concedetemi di portarvi un po' di "colore"... E poi di restare al vostro fianco nel caso qualcuno dei vostri domestici abbia da lamentarsi a riguardo».

Jessalyn non era abituata a quel genere di decisioni improvvise, eppure si lasciò trascinare dall'entusiasmo appassionato di Damon. Gettò di nuovo indietro la testa.

Alla fine, quando lasciò il palazzo-bomboniera, Damon uscì dalla porta principale. Aveva con sé un po' dei soldi ricavati dalle gemme date in pegno, ma era una somma più che sufficiente per lo scopo che aveva in mente. Era abbastanza sicuro che la prossima volta sarebbe uscito dal portico trionfale.

Si fermò in una dozzina di negozi e vi rimase finché non gli restò una sola moneta in tasca. Aveva anche pensato di fare una scappata da Bonnie fra una commissione e l'altra, ma il mercato si trovava dalla parte opposta rispetto all'albergo in cui l'aveva lasciata, e alla fine non ne aveva più avuto il tempo.

Non si preoccupò più di tanto mentre tornava al castello-bomboniera. Bonnie, così fragile e delicata all'esterno, aveva una tempra d'acciaio che era sicuro l'avrebbe aiutata a resistere tre giorni in quella stanza. Ce la poteva fare. Ne era certo.

Bussò energicamente al cancello del piccolo castello finché una guardia scontrosa non andò ad aprire.

«Che cosa vuoi?», sbraitò la guardia.

Bonnie stava impazzendo di noia. Era passato solo un giorno da quando Damon l'aveva lasciata. Poteva tener conto del tempo solo attraverso i pasti che le portavano, perché il gigantesco sole cremisi non si spostava mai dall'orizzonte e la luce rosso-sangue era sempre uguale, a meno che non piovesse.

Bonnie sperava che piovesse. Sperava che nevicasse o che si scatenasse un incendio, un uragano, o almeno un piccolo tsunami. Aveva provato a guardare una sfera stellata, ma aveva trovato un'assurda telenovela di cui non aveva capito nulla.

Ora si era pentita di aver cercato di trattenere Damon. Avrebbe preferito che lui l'avesse allontanata prima che cadessero entrambi nella fossa. Si pentiva di non aver preso la mano di Meredith e di non aver lasciato andare quella di Damon.

E quello era solo il primo giorno.

Damon sorrise alla guardia scontrosa. «Che cosa voglio? Solo quello che ho già. Un cancello aperto». Non entrò, comunque. Chiese cosa stesse facendo la principessa e la guardia rispose che stava pranzando. Con un donatore.

Perfetto. Bussò al cancello in modo rispettoso, chiedendo che venisse aperto di più. Era evidente che le guardie non nutrivano alcuna simpatia per lui; avevano collegato la scomparsa di quello che pareva fosse proprio il loro capitano con l'intrusione di quell'umano bizzarro. Tuttavia, gli obbedirono.

Poco dopo Damon bussò piano a una porta e poi a un'altra, e continuò finché una dozzina di uomini e donne con le braccia piene d'involti di carta umidi e profumati non lo seguì per le scale fino alla camera da letto nera della principessa.

Jessalyn, nel frattempo, aveva fatto una lunga e noiosa riunione pomeridiana con un paio dei suoi consiglieri finanziari, che le sembravano molto vecchi, nonostante avessero poco più di vent'anni quando erano stati trasformati. Avevano i muscoli flaccidi per il poco esercizio, si ritrovò a pensare. E, certo, i loro abiti a maniche lunghe e i pantaloni erano interamente neri, a eccezione dei colletti arricciati, che erano bianchi alla luce delle lampade a gas e scarlatti all'aperto, a causa dell'eterno crepuscolo rosso-sangue.

Appena i consiglieri si furono congedati con un inchino, la principessa chiese, in tono piuttosto irritato, dove fosse l'umano Damon. Diversi servitori, nascondendo il rancore dietro i sorrisi, spiegarono che era salito con una dozzina di... umani... nella sua camera da letto.

La principessa quasi spiccò il volo e salì rapida le scale con i movimenti fluidi che sapeva ci si aspettava da una vampira ammodo. Giunse alle porte in stile gotico e udì il bisbigliare sommesso, saturo di rancore e indignazione, delle sue dame di compagnia. Ma prima che potesse chiedere cosa stesse succedendo, fu sommersa da un'intensa e calda ondata di profumo. Non era l'odore attraente e vitale del sangue, ma un profumo più leggero, più dolce e, ora che la sua sete era appena stata saziata, persino più inebriante e stordente. Aprì la doppia porta. Fece un passo nella stanza e poi si fermò attonita.

La stanza nera e austera come una cattedrale era piena di fiori. C'erano montagne di gigli, vasi pieni di rose, tulipani di ogni forma e colore, e giunchiglie e narcisi a profusione, mentre sul pergolato giacevano fragranti caprifogli e fresie.

I fiorai avevano trasformato quella stanza nera, deprimente e formale, in uno spettacolare e fantasioso trionfo dei sensi. I servitori più saggi e lungimiranti li stavano aiutando a sistemare i fiori in vasi decorativi più grandi.

Appena vide entrare Jessalyn, Damon andò immediatamente a inginocchiarsi ai suoi piedi.

«Eri già andato via quando mi sono svegliata!», disse la principessa in tono irascibile, e Damon la gratificò con un sorriso molto languido.

«Perdonatemi, vostra altezza. Ma giacché sto per morire comunque, ho pensato di alzarmi presto e procurarmi questi fiori per voi. I colori e i profumi sono di vostro gradimento?»

«I profumi?». Jessalyn quasi si sciolse. «È... come... un'orchestra di odori! E i colori sono qualcosa che non ho mai visto prima!». Scoppiò a ridere. I suoi occhi verdi brillavano e i lisci capelli rossi le ricadevano sulle spalle come una cascata. E poi cominciò a spingere Damon in un angolo buio. Lui dovette sforzarsi per non scoppiare a ridere; somigliava proprio a una gattina che insegue una foglia autunnale.

Ma quando si trovarono in un angolo appartato, protetto dalle tende nere e lontano dalla finestra, Jessalyn assunse un'espressione terribilmente seria.

«Voglio farmi cucire un vestito dello stesso color porpora scuro di quei garofani», bisbigliò. «*Non nero*».

«Vi starà benissimo, vostra altezza», le sussurrò Damon nell'orecchio. «È un colore così appariscente, così audace...».

«Potrei anche mettere uno dei miei corsetti sotto il vestito». Sollevò il capo e lo guardò attraverso le folte ciglia. «O... Sarebbe troppo?»

«Niente è troppo per voi, mia principessa», rispose Damon sottovoce. Si fermò un attimo a pensare serio. «Il corsetto... sarebbe nero o dello stesso colore del vestito?».

Jessalyn ci pensò un po'. «Dello stesso colore?», arrischiò.

Damon annuì compiaciuto. Lui neanche morto avrebbe indossato un colore che non fosse il nero, ma era disposto a tollerare, persino a incoraggiare, le stranezze di Jessalyn. L'avrebbero fatto diventare un vampiro più in fretta.

«Voglio il tuo sangue», sussurrò la principessa, quasi a dargli ragione.

«Qui? Adesso?», rispose Damon. «Davanti a tutta la servitù?».

Jessalyn fece qualcosa che lo sorprese. Lei, che prima si era mostrata così timida, uscì da dietro le tende e batté le mani per ottenere il silenzio. Tacquero tutti all'istante.

«Tutti fuori!», disse in tono perentorio. «Avete trasformato la mia stanza in un giardino meraviglioso, e ve ne sono grata. Il maggiordomo...», indicò un giovanotto vestito di nero che aveva saggiamente infilato all'occhiello una rosa rosso scuro, «provvederà a darvi da mangiare e da bere prima che ve ne andiate!». Si levò un mormorio di approvazione che la fece arrossire.

«Suonerò il campanello quando avrò bisogno di te», disse al maggiordomo.

Di fatto, fu solo due giorni dopo che allungò la mano e, con un po' di riluttanza, tirò il cordone del campanello. E lo fece solo per ordinare di cucire prima possibile un'uniforme per Damon. L'uniforme da capitano della guardia.

Il secondo giorno Bonnie rivolse la propria attenzione alle sfere stellate come unica fonte d'intrattenimento. Dopo aver passato in rassegna le ventotto orbite, scoprì che venticinque erano soap opera dall'inizio alla fine, e due erano piene di esperienze così spaventose e orribili che nella sua mente le aveva etichettate come *Mai Più.* L'ultima s'intitolava *Cinquecento Storie per Ragazzi*, e Bonnie scoprì presto che quel corso intensivo di cultura locale avrebbe potuto tornarle utile, poiché venivano sempre specificati i nomi delle cose che si potevano trovare in giro per casa o in città. La cornice narrativa della sfera erano le vicende di una famiglia di lupi mannari, i Düz-Aht-Bhi'iens. Bonnie li ribattezzò subito Dustbin[3]. La serie consisteva di episodi che mostravano la vita quotidiana della famiglia: come compravano uno schiavo nuovo al mercato per rimpiazzarne uno che era morto, dove andavano a caccia di prede umane, e come Mers Dustbin aveva partecipato a un importante torneo di *bashik* a scuola.

L'ultima storia fu quasi provvidenziale. Mostrava la piccola Marit Dustbin che andava al negozio di carni dolci e comprava una prugna candita. Il dolce costava esattamente cinque *soli.* Bonnie riuscì ad assaggiarlo mangiandone un po' con Marit, e lo trovò buono.

Dopo aver letto la storia, sbirciò con estrema cautela dal bordo della tenda a rullo e studiò l'insegna del negozio che in quei due giorni aveva osservato spesso. Poi appoggiò la sfera stellata alla tempia.

Sì! Era proprio lo stesso tipo di insegna. E non solo sapeva cosa voleva, ma anche quanto costava.

Moriva dalla voglia di uscire dall'angusta stanzetta e mettere in

[3] Bidone della spazzatura (*n.d.t.*).

pratica ciò che aveva appena imparato. Ma le luci del negozio si spensero davanti ai suoi occhi. Era l'ora di chiusura.

Bonnie lanciò la sfera stellata attraverso la stanza. Smorzò la lampada finché emise solo un tenue bagliore e poi si gettò sullo scomodo pagliericcio, tirò su le coperte... e scoprì che non riusciva a dormire. Cercando a tastoni alla luce scarlatta del tramonto, trovò la sfera stellata e se la portò di nuovo alla tempia.

I racconti delle avventure quotidiane della famiglia Dustbin erano inframmezzati da fiabe. Alcune erano così macabre che Bonnie non riusciva a guardarle fino alla fine e, quando era ora di dormire, giaceva tremante sul pagliericcio. Ma quella storia sembrava diversa. Dopo il titolo, *La guardiola dei sette tesori kitsune*, udì una breve filastrocca:

In una pianura gelida e nevosa
Il paradiso dei Kitsune riposa.
Il piacere proibito è lì nei pressi:
al tesoro portano sei nuovi accessi.

Bastava la parola *kitsune* a spaventarla. Ma Bonnie pensò che la storia avrebbe potuto rivelarsi utile in un modo o nell'altro.

"Posso farcela", pensò, e si appoggiò la sfera stellata alla tempia.

L'incipit non era per niente macabro. Parlava di un ragazzo e una ragazza kitsune che partivano alla ricerca del più sacro e segreto dei "sette tesori kitsune": il paradiso degli spiriti volpe. Un tesoro, apprese Bonnie, poteva essere piccolo come una pietra preziosa o grande quanto un mondo intero. Quello, stando al racconto, era una via di mezzo, perché il "paradiso" era una specie di giardino, con fiori esotici che sbocciavano dappertutto e torrentelli gorgoglianti che formavano piccole cascate che si gettavano in stagni limpidi e profondi.

Era tutto meraviglioso, pensò Bonnie, che stava vivendo la storia come se stesse guardando un film in cui, allo stesso tempo, era immersa. Un film che includeva il senso del tatto, del gusto e dell'olfatto. Il paradiso somigliava vagamente a Warm Springs, dove di tanto in tanto andava a fare dei picnic con le amiche.

Nel racconto, il ragazzo e la ragazza kitsune dovevano andare "sul tetto del mondo", dove c'erano alcune "fratture" nella crosta terrestre della Dimensione Oscura superiore, che era il luogo in cui si trovava Bonnie. Riuscivano a scendere nel sottosuolo e a esplorarlo, spingendosi sempre più in basso, e affrontavano varie prove di arguzia e di coraggio prima di raggiungere la dimensione inferiore: il Mondo Sotterraneo.

Il Mondo Sotterraneo era completamente diverso dalla Dimensione Oscura. Era un mondo di ghiaccio e neve scivolosa, di ghiacciai e crepacci immersi nel crepuscolo, bagnati dalla luce blu delle tre lune che brillavano in cielo.

I bambini kitsune morirono quasi di fame perché nel Mondo Sotterraneo non c'era quasi niente da cacciare per una volpe. Si dovettero accontentare delle bestioline del freddo: topi, piccoli ratti bianchi e qualche insetto di passaggio ("Puah", pensò Bonnie). Resistettero e andarono avanti, finché, attraverso la foschia e le nuvole, videro un imponente muro nero. Lo seguirono finché finalmente giunsero alla Guardiola, con le sue alte guglie nascoste dalle nuvole. Sulla porta, scritte in una lingua antica che riuscirono a decifrare con difficoltà, c'erano le parole: *I Sette Cancelli*.

Entrarono in una stanza con otto entrate o uscite. Una era la porta dalla quale erano appena entrati. Ogni porta s'illuminava appena la guardavano, così scoprirono che le sette porte conducevano a sette mondi diversi, uno dei quali era il "paradiso kitsune". Uno dei cancelli portava a un campo di fiori magici, un altro mostrava farfalle che svolazzavano tra gli schizzi d'acqua di una fontana. Un altro ancora si apriva su una buia caverna piena di bottiglie di mistico Clarion Loess Black Magic. Un cancello conduceva a una profonda miniera, con pietre preziose grandi quanto un pugno. E poi c'era un cancello che mostrava il gioiello dei fiori: il Royal Radhika. Cambiava forma di continuo: prima una rosa, poi un mazzetto di garofani, infine un'orchidea.

Attraverso l'ultima porta riuscirono a vedere solo un albero gigantesco, ma si diceva che l'ultimo tesoro fosse un'immensa sfera stellata.

A quel punto il ragazzo e la ragazza si erano completamente dimenticati del paradiso kitsune. Volevano entrambi qualcosa da uno dei cancelli, ma non riuscivano a mettersi d'accordo. La regola era che chiunque raggiungesse i cancelli, che fosse da solo o in gruppo, poteva attraversare solo una porta e tornare indietro. Ma mentre la ragazza voleva un ramoscello della Royal Radhika, per dimostrare che avevano portato a termine l'impresa, il ragazzo voleva un po' di vino Black Magic per mantenersi in forze durante il viaggio di ritorno. Discussero a lungo, ma non riuscirono a mettersi d'accordo. Così alla fine decisero di barare. Avrebbero aperto la porta simultaneamente, sarebbero saltati dentro, avrebbero afferrato quello che volevano e sarebbero tornati indietro, uscendo dalla Guardiola prima di restare intrappolati.

Proprio quando stavano per mettere in atto il loro piano, una voce li mise in guardia dicendo: «Un cancello solo potete attraversare in due, e poi tornare indietro donde siete venuti».

Ma i ragazzi decisero di ignorarla. Senza indugio il ragazzo attraversò la soglia che portava alle bottiglie di vino Black Magic e, nello stesso istante, la ragazza oltrepassò il cancello della Royal Radhika. Ma quando si voltarono per tornare indietro, non c'era più traccia di una porta o di un cancello. Il ragazzo aveva da bere in abbondanza, ma sarebbe rimasto per sempre al buio e al freddo e le sue lacrime si sarebbero congelate sulle guance. La ragazza aveva un bellissimo fiore da ammirare, ma niente da bere o da mangiare, e così deperì sotto l'ardente sole giallo.

Bonnie rabbrividì, il brivido delizioso di un lettore che ha avuto ciò che si aspettava. La fiaba, con la sua morale del "non essere avido", somigliava alle storie del *Libro fatato rosso e blu* che ascoltava da piccola, seduta in grembo alla nonna.

Elena e Meredith le mancavano tantissimo. Aveva una storia da raccontare, ma nessuno a cui raccontarla.

12

«Stefan, Stefan!». Elena era troppo nervosa per restare fuori dalla camera più dei cinque minuti necessari a farsi vedere dai poliziotti. In realtà, gli agenti volevano Stefan, ma non riuscivano a trovarlo poiché, a quanto pareva, non avevano preso in considerazione l'idea che qualcuno potesse tornare indietro a nascondersi in una stanza che avevano già controllato.

E ora Elena non riusciva a ottenere risposta da Stefan, che era avvinghiato a Meredith, con la bocca incollata ai due forellini che le aveva fatto. Così, per farli reagire, fu costretta a scuoterli entrambi per le spalle.

Allora lui indietreggiò di scatto, pur continuando a sostenere Meredith, che altrimenti sarebbe caduta. Si leccò in fretta il sangue dalle labbra. Per una volta, tuttavia, Elena non era concentrata su di lui, ma sulla sua amica. L'amica alla quale aveva permesso di fare una cosa del genere.

Meredith aveva gli occhi chiusi, segnati da occhiaie profonde, quasi color prugna. Le labbra erano semi-aperte, e la nuvola scura dei capelli era umida di lacrime.

«Meredith? Merry?». Le sfuggì dalle labbra il vecchio nomignolo. E poi, quando Meredith non diede segno di averla sentita, chiese: «Stefan, cosa c'è che non va?»

«Alla fine l'ho Influenzata per farla dormire». Stefan prese in braccio Meredith e la adagiò sul letto.

«Sì, ma che è successo? Perché sta piangendo... E tu cos'hai?». A Elena non sfuggirono gli occhi tristi di Stefan, a dispetto della bel colorito assunto dalle guance.

«Ho visto una cosa… nella sua mente», rispose sbrigativo Stefan, nascondendo Elena dietro di sé. «Sta arrivando uno degli agenti. Resta qui».

Si aprì la porta. Era il poliziotto, trafelato, rosso in viso e chiaramente soddisfatto di sé per aver deciso di tornare nella stanza dalla quale aveva cominciato il giro di perlustrazione del primo piano.

«Ce li ho tutti in una stanza, tranne il fuggitivo», disse in una grossa ricetrasmittente nera. La poliziotta replicò brevemente. Poi l'agente dal volto paonazzo tornò a rivolgersi al gruppetto di adolescenti. «Allora, adesso io perquisirò *te*», indicò Stefan, «mentre la mia collega perquisirà voi due». Indicò Meredith con un cenno del capo. «Che cos'ha?»

«Niente che tu possa capire», rispose freddamente Stefan.

Dapprima sembrò che il poliziotto stentasse a credere a ciò che gli era appena stato detto. Poi, all'improvviso, parve consapevole di non aver sentito male, e fece un passo verso Meredith.

Stefan ringhiò.

Il suono fece trasalire Elena, che era dietro di lui. Era il ringhio basso e selvaggio di un animale che protegge la sua compagna, il suo branco, il suo territorio.

Il poliziotto dal faccione rubicondo impallidì di colpo e parve impaurito. Elena immaginò che stesse guardando la bocca di Stefan, con i denti più aguzzi dei suoi e per giunta sporchi di sangue.

Elena non voleva che si trasformasse in una gara a chi la fa più lontano… o meglio, in una gara a chi urla di più.

Appena l'agente farfugliò alla collega «Potremmo aver bisogno di un paio di quei proiettili d'argento, dopotutto», Elena diede una gomitata al suo ragazzo, che stava emettendo un rumore simile a quello di una sega circolare, talmente forte che se lo sentiva nei denti, e sussurrò: «Stefan, Influenzalo! Sta arrivando l'altra, e potrebbe già aver chiamato rinforzi».

Appena lo sfiorò, Stefan smise di fare quel rumore e, quando si girò, Elena vide il suo volto trasformarsi da quello di una bestia selvatica con i denti scoperti in quello del suo caro, vecchio ragazzo dagli occhi verdi. Doveva aver preso *moltissimo* sangue da Meredith, pensò sentendo una stretta allo stomaco. Non era sicura di come si sentisse a riguardo.

Tuttavia le conseguenze erano innegabili. Stefan si girò verso il poliziotto e disse in tono risoluto: «Tornerai nell'atrio. Resterai lì, in silenzio, finché non ti darò il permesso di muoverti o parlare». Poi, senza soffermarsi a controllare se l'agente stesse obbedendo o no, rimboccò le coperte a Meredith.

Elena, invece, rimase a osservare il poliziotto, e notò che non aveva esitato un solo istante. Aveva fatto dietrofront e si era messo in marcia verso l'atrio. Allora si sentì abbastanza tranquilla per controllare di nuovo come stesse Meredith. Non riuscì a trovare niente di strano sul volto della sua amica, eccetto il pallore innaturale e le ombre violacee intorno agli occhi.

«Meredith?», sussurrò.

Nessuna risposta. Elena seguì Stefan fuori dalla stanza.

Appena misero piede nell'atrio, la poliziotta li prese alla sprovvista. Stava scendendo dalle scale con la fragile signora Flowers davanti a sé, e urlò: «Faccia a terra!». Diede uno spintone alla signora Flowers. «In ginocchio, subito!».

Vedendo che la povera vecchietta stava per ruzzolare sul pavimento, Stefan fece un salto e l'afferrò, poi si girò verso la donna. Per un attimo Elena pensò che stesse per ringhiare di nuovo, invece, con una voce che trasudava autocontrollo, disse: «Raggiungi il tuo collega. Non potrai parlare né muoverti senza il mio permesso».

Accompagnò la signora Flowers, che aveva l'aria sconvolta, a una poltrona sul lato sinistro dell'atrio. «Quella... donna le ha fatto male?»

«No, no. Falli solo uscire da casa mia, Stefan caro, e te ne sarò davvero grata», rispose la signora Flowers.

«D'accordo», disse dolcemente Stefan. «Mi dispiace che abbiamo provocato tutti questi problemi... a casa sua». Fissò gli agenti con sguardo penetrante. «Andate via e non tornate. Avete perquisito la casa, ma non avete trovato nessuna delle persone che stavate cercando. Pensate che altri controlli non porteranno a nulla. Credete che fareste davvero meglio a cercare di sistemare... Com'è che l'avete chiamato? Oh, sì, il *caos* nella città di Fell's Church. Non verrete mai più qui. Ora tornate alla vostra macchina e andatevene».

A Elena venne la pelle d'oca. Percepiva il Potere nelle parole di Stefan.

E, come sempre, era appagante vedere persone crudeli o rabbiose che diventavano docili sotto il potere dell'Influenza di un vampiro. I due agenti rimasero abbastanza tranquilli per altri dieci secondi, poi, semplicemente, uscirono dalla porta d'ingresso.

Elena sentì il rumore della macchina che si allontanava sul viale e fu travolta da una sensazione di sollievo talmente intensa che quasi svenne. Stefan le mise le braccia attorno alla vita ed Elena ricambiò l'abbraccio. Lo tenne stretto, consapevole dei battiti impazziti del proprio cuore. Li sentiva nel petto e sulla punta delle dita.

È tutto finito. Ce l'abbiamo fatta, le disse Stefan con il pensiero, ed Elena all'improvviso provò una sensazione diversa. Era fiera di lui. Stefan aveva assunto il comando e aveva cacciato via gli agenti.

Grazie, rispose.

«Immagino che faremmo meglio a tirar fuori Matt dalla dispensa sotterranea», aggiunse ad alta voce.

Matt era scontento. «Grazie per avermi nascosto. Ma avete idea di quanto tempo sia passato?», chiese a Elena quando tornarono di sopra. «Non c'era luce, eccetto quella che proveniva dalla piccola sfera stellata. E c'era il silenzio totale: non riuscivo a sentire niente. E questo cos'è?». Tese il lungo, pesante bastone di legno con le strane punte munite di chiodi.

Elena ebbe un moto di panico. «Non ti sei tagliato, vero?». Strappò il lungo bastone dalle mani di Matt e lo lasciò cadere a terra. Ma pareva che Matt non avesse neanche un graffio.

«Non sono così stupido da impugnarlo dalle punte», disse.

«Meredith lo ha fatto, e non capisco perché», rispose Elena. «Aveva i palmi coperti di ferite. E ancora non ho capito cosa sia».

«Io l'ho capito», disse con calma Stefan. Raccolse il bastone. «Ma, in realtà, è il segreto di Meredith. Cioè, volevo dire, è di sua proprietà», aggiunse in fretta. Si era ritrovato tutti gli occhi puntati addosso quando aveva detto "segreto".

«Be', non sono cieco», disse Matt nel suo tono franco e diretto, scostandosi i capelli biondi dalla fronte per osservare meglio l'oggetto. Alzò gli occhi azzurri e guardò Elena. «Riconosco l'odore: è verbena. E so cosa sembra con tutti quei chiodi di ferro e d'argento che escono dalle estremità appuntite. Sembra un bastone gigante per sterminare ogni tipo di terribile, abominevole mostro cammini sulla Terra».

«E anche i vampiri», aggiunse subito Elena. Sapeva che Stefan era di un umore strano e per nulla al mondo avrebbe voluto vedere Matt, per cui provava ancora un profondo affetto, sul pavimento con la testa fracassata. «Persino gli umani... Credo che questi aghi più grossi servano a iniettare veleno».

«Veleno?». Matt si controllò subito i palmi.

«Sei a posto», disse Elena. «Ti ho dato un'occhiata prima, e comunque dovrebbe essere un veleno ad azione molto rapida».

«Già, lo scopo dovrebbe essere quello di metterti fuori combattimento prima possibile», disse Stefan. «Quindi se sei ancora vivo, è probabile che rimarrai tale. E adesso questo terribile, abominevole mostro vuole solo tornarsene a letto». Si girò, diretto all'attico. Elena, inconsciamente, trattenne il respiro per un istante. Lui doveva averla sentita, perché si girò con aria dispiaciuta. I suoi occhi erano smeraldi scuri, tristi ma luccicanti di Potere inutilizzato.

"Penso che ci alzeremo tardi", pensò Elena, percependo brividi di piacere lungo il corpo. Strinse la mano di Stefan e sentì che lui ricambiava la stretta. Sapeva cosa aveva in mente; erano piuttosto vicini e lui stava proiettando in modo molto chiaro ciò che voleva... E lei era ansiosa quanto lui di andare di sopra.

Ma in quel momento Matt, con gli occhi sul terribile bastone chiodato, disse: «Meredith ha qualcosa a che fare con *quello*?»

«Non avrei mai dovuto dire niente su quel bastone», rispose Stefan. «Ma se vuoi saperne di più, faresti meglio a chiederlo di persona a Meredith. Domani».

«D'accordo», disse Matt, che finalmente sembrava aver capito. Elena l'aveva preceduto. Un'arma del genere era... poteva solo servire a uccidere ogni tipo di mostro che camminasse sulla Terra. E Meredith... Meredith che era così snella e atletica come una ballerina con la cintura nera e... Oh, quelle lezioni! Le lezioni che Meredith rimandava sempre se aveva qualche impegno con le ragazze, ma per le quali riusciva sempre a ritagliarsi un po' di tempo.

Di certo non era mai apparso strano che non si portasse dietro il clavicembalo e che nessun altro ce l'avesse. Inoltre, diceva sempre che odiava suonare, così le sue amiche del cuore non avevano insistito. Faceva parte del mistero di Meredith.

E le lezioni di equitazione? Elena era pronta a scommettere che in parte fossero vere. A Meredith sarebbe tornato utile sapere come scappare alla svelta montando su qualsiasi cosa fosse a disposizione.

Ma se Meredith non si era esercitata a suonare musica da camera nell'aula di disegno, né si era preparata per un ruolo in un western hollywoodiano, allora che cosa aveva fatto?

Allenamento, dedusse Elena. C'erano molti dojo in città, e se Meredith si stava allenando da quando i vampiri avevano attaccato suo nonno, doveva essere dannatamente brava. E quando avevano combattuto quegli esseri raccapriccianti, di chi erano gli occhi che non la perdevano mai di vista, chi era la flessuosa ombra grigia che si teneva lontana dai riflettori? Era probabile che avesse conciato per le feste parecchi mostri.

Solo una domanda rimaneva ancora senza risposta: perché Meredith fino ad allora non aveva mai mostrato il suo strumento impalatore di abominevoli mostri né l'aveva mai usato in un combattimento, per esempio contro Klaus? Elena non lo sapeva, ma avrebbe potuto chiederlo a lei. L'indomani, quando si sarebbe alzata. Tuttavia era certa che ci fosse qualche spiegazione ovvia.

Elena cercò di soffocare con grazia uno sbadiglio. *Stefan?*, chiamò. *Possiamo defilarci e andare in camera tua? Però non prendermi in braccio.*

«Penso che siamo tutti un po' tesi per quello che è successo stamattina», disse Stefan con la sua solita voce gentile. «Signora Flowers, Meredith è nella camera da letto al primo piano. È probabile che dorma fino a tardi. Matt...»

«Lo so, lo so. Non so dove sia finito il programma, ma posso comunque fare il mio turno». Matt gli offrì il braccio.

Stefan sembrava sorpreso. *Caro, di certo non ti farà male*, gli disse Elena con il pensiero, in un tono fermo e schietto.

«Io e la signora Flowers saremo di là in cucina», disse ad alta voce.

«Non dimenticare di ringraziare Stefan per aver difeso la pensione», disse la signora Flowers mentre aspettavano in cucina.

«L'ha fatto perché è anche casa nostra», rispose Elena, e tornò nell'atrio, dove Stefan stava ringraziando Matt, che arrossì d'imbarazzo.

Poi la signora Flowers chiamò Matt in cucina ed Elena si lanciò fra le braccia forti e flessuose di Stefan. Volarono su per la scalinata, che emise lamentosi cigolii di protesta. E finalmente arrivano nella stanza di Stefan, ed Elena si rifugiò fra le sue braccia.

Non c'era posto migliore in cui essere, ed entrambi non volevano nient'altro in quel momento, pensò Elena, e alzò la testa per guardare Stefan, mentre lui abbassava gli occhi su di lei. Cominciarono con un bacio lento, lungo. Poi il bacio si fece appassionato, ed Elena si avvinghiò a Stefan, che la stava già cingendo con braccia che avrebbero potuto spaccare il granito, ma si limitarono a stringerla esattamente come voleva lei.

13

Mentre dormiva serena con una mano sul petto di Stefan, Elena sapeva che stava facendo un sogno straordinario. No, non era un sogno, ma un'esperienza extracorporea. Però era diversa dalle precedenti visite a Stefan nella sua cella. Sfrecciava così rapida nell'aria che non riusciva a distinguere nulla sotto di sé.

Si guardò attorno e all'improvviso, con sua grande sorpresa, un'altra figura apparve accanto a lei.

«Bonnie!», disse. O, piuttosto, cercò di dire. Dalla bocca non le uscì alcun suono. Quella figura era una versione trasparente della sua amica. Sembrava che qualcuno l'avesse creata con del vetro soffiato e poi avesse dato qualche leggera pennellata di colore ai capelli e agli occhi.

Elena tentò con la telepatia. *Bonnie?*

Elena! Oh, tu e Meredith mi mancate così tanto! Sono bloccata in questo buco...

Un buco? Elena percepì il panico nella propria voce telepatica. Infatti, Bonnie sussultò.

Non un vero buco. È una taverna. Una locanda, credo, ma sono chiusa a chiave e mi danno da mangiare solo due volte al giorno, mi portano in bagno solo una...

Mio Dio! Come ci sei finita?

Be'... Bonnie esitò. *Temo che sia colpa mia.*

Non fa niente! Da quanto sei lì esattamente?

Uhm, questo è il secondo giorno, penso.

Ci fu una pausa. Poi Elena disse: *Be', un paio di giorni in un brutto posto possono sembrare un'eternità.*

Bonnie cercò di spiegarle meglio la situazione. *È solo che mi sto annoiando a morte e sono sola. Mi mancante tanto tu e Meredith!*, ripeté.

Anch'io stavo pensando a te e a Meredith, disse Elena.

Ma Meredith non è lì con te? Oh, mio Dio, non sarà caduta anche lei?, chiese Bonnie senza riflettere.

No, no! Non è caduta. Elena non riusciva a decidere se dirle o no di Meredith. Pensò che forse non era ancora il momento.

Non vedeva nulla, né capiva dove fossero dirette, anche se le sembrava che stessero rallentando. *Riesci a vedere qualcosa?*

Uh, sì, laggiù! C'è una macchina! Possiamo scendere un po'?

Ma certo. Proviamo a tenerci per mano, che ne dici?

Scoprirono che non era possibile, ma il tentativo bastò a tenerle vicine. Subito dopo caddero sul tettuccio di una piccola automobile e vi passarono attraverso.

Ehi! È Alaric!, disse Bonnie.

Alaric Saltzman era il ragazzo di Meredith, e le aveva promesso di ufficializzare la loro relazione prima o poi. Doveva avere circa ventitré anni ora, e i capelli color sabbia e gli occhi nocciola non erano cambiati da quando Elena l'aveva visto l'ultima volta, circa dieci mesi prima. Studiava parapsicologia alla Duke e si stava preparando per il dottorato.

Sono secoli che proviamo a contattarlo, disse Bonnie.

Lo so. Forse avremmo dovuto provarci in questo modo. Dov'è che si trova adesso?

In qualche strano posto in Giappone. Non mi ricordo come si chiama, controlliamo la mappa sul sedile.

Le forme evanescenti delle due ragazze si fusero mentre si chinavano insieme sulla mappa.

Unmei no Shima: Isola della Distruzione, era scritto sopra il profilo di un'isola. Sulla mappa, Alaric aveva segnato una grande X rossa, accompagnata da una didascalia: *Il Campo delle Vergini Giustiziate.*

Cosa?, fece Bonnie indignata. *Che significa?*

Non lo so. Ma guarda, questa nebbia è reale. E sta piovendo. E la strada è terribile.

Bonnie si tuffò fuori dalla macchina. *Oh, che strano. La pioggia mi passa attraverso. E non credo che questa sia una strada.*

Torna dentro e guarda qua, disse Elena. *Non ci sono altre città sull'isola, solo un nome. Dottoressa Celia Connor, patologa forense.*

Cos'è una patologa forense?

Penso che facciano indagini sugli omicidi e quelle robe lì, disse Elena. *E disseppelliscono i cadaveri per scoprire perché sono morti.*

Bonnie rabbrividì. *Penso che non mi piaccia granché.*

Neanche a me. Ma guarda fuori. Questo una volta era un villaggio, credo.

Non era rimasto quasi nulla del villaggio. Solo i resti marci degli edifici di legno e alcune strutture di pietra diroccate e annerite. C'era un grande edificio coperto da un telone di plastica giallo acceso.

Quando arrivò davanti all'edificio, Alaric fermò la macchina sbandando, afferrò la mappa e una valigetta e si lanciò sotto la pioggia, correndo sul terreno fangoso per mettersi al coperto. Elena e Bonnie lo seguirono.

All'entrata fu accolto da una giovane donna di colore, con un viso da folletto e i capelli corti e lisci. Era minuta, più bassa di Elena. I suoi occhi brillavano per l'eccitazione e i denti bianchi e regolari sembravano fatti per un sorriso di Hollywood.

«Dottoressa Connor?», disse Alaric, pieno di soggezione.

A Meredith non piacerà, commentò Bonnie.

«Chiamami pure Celia», rispose la donna, prendendogli la mano. «Alaric Saltzman, suppongo».

«Solo Alaric, ti prego... Celia».

A Meredith non piacerà per niente, disse Elena.

«Così tu sei l'investigatore dell'occulto», stava dicendo Celia sotto di loro. «Bene, abbiamo bisogno di te. Questo posto è infestato dagli spettri... O almeno lo era una volta. Non so se siano ancora qui».

«Sembra interessante».

«Direi triste e macabro piuttosto. Triste, *misterioso* e macabro.

Ho condotto scavi fra rovine di ogni tipo, soprattutto dove si sospettava ci fosse stato un genocidio. E ti dirò: quest'isola è diversa da qualsiasi altro posto io abbia mai visto», disse Celia.

Alaric stava già tirando fuori degli oggetti dalla sua valigetta: una spessa pila di fogli, una piccola videocamera, un taccuino. Accese la videocamera e guardò nel mirino, poi l'appoggiò sulla pila di fogli. Quando sembrò che avesse messo a fuoco Celia, afferrò anche il taccuino.

La ragazza sembrava divertita. «Di quanti strumenti hai bisogno per prendere appunti?».

Alaric si batté un dito sulla tempia e scosse tristemente la testa. «Il più possibile. I neuroni cominciano ad andarsene». Si guardò attorno. «Non vivi da sola qui, vero?»

«Se si escludono il custode e il tipo che mi traghetta qui da Hokkaido, sì. Era cominciata come una normale spedizione. Eravamo quattordici all'inizio. Ma gli altri sono andati via o sono morti, uno a uno. Non posso neanche seppellire di nuovo gli esemplari – le ragazze – che abbiamo portato alla luce con gli scavi».

«E i membri della spedizione che sono andati via o sono morti...»

«Be', i primi sono morti. Poi questo e altri avvenimenti sinistri hanno fatto scappare gli altri. Avevano paura di lasciarci la pelle».

Alaric aggrottò la fronte. «Chi è morto per primo?»

«Della nostra spedizione? Ronald Argyll. Esperto di ceramiche. Stava esaminando due vasi che avevamo trovato. Be', per farla breve, è caduto da una scala e si è rotto il collo».

Alaric si accigliò. «Questo sarebbe sinistro?»

«Per uno come lui, con quasi vent'anni di esperienza alle spalle, sì».

«Vent'anni? Non potrebbe aver avuto un infarto? Era sulla scala e poi... bam!». Alaric fece con la mano un movimento verso il basso.

«Forse è andata così. Magari riuscirai a spiegare tutti i nostri piccoli misteri». Sorrise e le si formarono delle fossette sulle guance. Quella donna elegante dai capelli corti rideva come un ragazzino. Ed era anche vestita da maschiaccio, notò Elena: jeans Levi's e una camicia bianca e azzurra con le maniche arrotolate su una canotta bianca.

Alaric ebbe un piccolo sussulto, come se si fosse reso conto che la stava fissando. Elena e Bonnie si lanciarono uno sguardo d'intesa.

«Ma, innanzitutto, che cosa è successo agli abitanti dell'isola? A quelli che hanno costruito le case?»

«Be', non ce ne sono mai stati molti, tanto per cominciare. Suppongo che questo posto si chiamasse Isola della Distruzione già prima del disastro su cui la mia squadra stava investigando. Ma, stando a ciò che sono riuscita a scoprire, c'è stata una specie di guerra. Una guerra civile. Fra bambini e adulti».

Stavolta, quando Elena e Bonnie si guardarono, avevano gli occhi sgranati. *Proprio come a casa*... cominciò Bonnie, ma Elena la zittì: *Ssh, ascolta*.

«Una guerra civile tra i ragazzi e i loro genitori?», ripeté lentamente Alaric. «Questo sì che mette i brividi».

«Be', ci si arriva per esclusione. Sai, a me piacciono i luoghi di sepoltura, che siano edifici o semplici fosse. E qui non sembra che gli abitanti abbiano subito un'invasione. Non sono morti per una carestia o per la siccità: i granai erano ancora pieni. Non c'erano segni di epidemia. Sono arrivata a credere che *si siano uccisi l'un l'altro*... I genitori hanno ucciso i figli e viceversa».

«Ma come fai a dirlo?»

«Vedi quest'area quadrangolare ai margini del villaggio?». Celia indicò una zona su una mappa più grande di quella di Alaric. «Questo è ciò che chiamiamo "Il Campo delle Vergini Giustiziate". È l'unico posto in cui siano state costruite delle vere e proprie tombe, quindi è stato fatto prima che avesse inizio la guerra. In seguito, non c'è stato più tempo per seppellire i corpi, oppure non era rimasto più nessuno a cui interessasse. Finora abbiamo disseppellito ventidue ragazzine, la più grande non doveva avere più di diciott'anni».

«Ventidue? Tutte ragazze?»

«Solo ragazze in quest'area. I ragazzi sono venuti dopo, quando gli abitanti hanno smesso di costruire le bare. I corpi non sono ben conservati: a causa degli incendi e dei crolli nelle case, sono stati esposti alle intemperie. Le ragazze sono state seppellite con cura, alcune con elaborati corredi funebri; ma i segni sui loro corpi indicano che hanno subito dure punizioni corporali qualche tempo prima di morire. E poi... hanno dei paletti conficcati nel cuore».

Bonnie si portò le mani agli occhi, come per scacciare una visione atroce. Elena squadrò torva Alaric e Celia.

Alaric deglutì. «Sono state trafitte al cuore con dei paletti?», chiese a disagio.

«Sì. So a cosa stai pensando. Ma nella tradizione giapponese non ci sono vampiri. Forse la creatura che più si avvicina al vampiro è il Kitsune. Vuol dire "volpe"».

Elena e Bonnie si librarono sopra la mappa.

«E i kitsuni bevono sangue?»

«Solo kitsune. Nella lingua giapponese il plurale si esprime in modo piuttosto interessante. Ma per rispondere alla tua domanda: no. Sono i tipici imbroglioni delle leggende che, per farti un esempio, si impossessano delle ragazze e delle donne, e conducono gli uomini alla distruzione o li attirano nelle paludi e così via. Be', puoi quasi vederlo come un romanzo».

«Sei tu che lo fai sembrare così. Ma non è certo il genere di libro che leggerei per piacere», disse Alaric, e sorrisero entrambi in modo tetro.

«Così, tornando al nostro libro, sembra che questa malattia alla fine abbia contagiato tutti i ragazzini del paese. Ci sono stati scontri mortali. Sembra che i genitori non siano nemmeno riusciti a raggiungere le barche da pesca con le quali sarebbero potuti scappare dall'isola».

Elena...

Lo so. Almeno Fell's Church non è un'isola.

«E infine c'è quello che abbiamo trovato nel tempio del villaggio. Posso mostrartelo... È il reperto per cui è morto Ronald Argyll».

Si alzarono e si inoltrarono nell'edificio finché Celia si fermò davanti a due urne poste su un piedistallo. In mezzo c'era una cosa orrenda. Era un vestito. Sembrava fosse stato esposto al sole finché era diventato quasi di un bianco immacolato, e dentro c'era uno scheletro. La cosa più orribile era il braccio sbiancato e scarnificato che penzolava dal coperchio di una delle urne.

«È il reperto al quale stava lavorando Ronald prima che venisse giù questo diluvio», spiegò Celia. «Probabilmente è stata l'ultima a morire tra i primi abitanti. Si è suicidata».

«Come fai a saperlo?»

«Vediamo se riusciamo a ricavarlo proprio dagli appunti di Ronald. Questa donna era una sacerdotessa e non presenta altri danni oltre a quelli che ne hanno provocato la morte. Il tempio era un edificio di pietra, all'epoca. Quando siamo arrivati, abbiamo trovato solo il pavimento. I gradini di pietra erano spaccati e sparsi dappertutto. Per questo Ronald usava la scala. Qui diventa un po' complicato, ma Ronald Argyll era un grande patologo forense e io mi fido della *sua* interpretazione».

«Che sarebbe?». Alaric stava riprendendo le urne e lo scheletro con la sua videocamera.

«Qualcuno, non sappiamo chi, ha forato entrambi i vasi. È successo prima che scoppiasse il caos. Le cronache del villaggio ne parlano come di un atto di vandalismo, la birichinata di un ragazzo. Ma molto tempo dopo i fori furono sigillati e le urne furono di nuovo chiuse ermeticamente, eccetto in cima, nel punto che usò la sacerdotessa per immergere le proprie mani nell'urna fino ai polsi».

Con infinita cautela, Celia sollevò il coperchio dell'urna dalla quale non penzolava il braccio scarnificato, scoprendo un altro paio di ossa piuttosto lunghe, un po' meno sbiancate, alle quali erano rimasti attaccati pezzi di stoffa, probabilmente del vestito. Nell'urna s'intravedevano le sottili ossa delle dita.

«Ronald credeva che questa povera donna fosse morta mentre

tentava un'ultima azione disperata. Anche piuttosto ingegnosa, se la osservi dal loro punto di vista. Si è tagliata i polsi – osserva com'è secco il tendine nel braccio che si è conservato meglio – e ha lasciato che tutto il sangue del proprio corpo fluisse all'interno delle urne. Sappiamo per certo che sul fondo si era depositata un'ingente quantità di sangue. Forse tentava di adescare qualcosa, cercava di rinchiuderla nell'urna… O di farla *tornare* dentro. È morta provandoci, e l'argilla che probabilmente sperava di usare come sigillo nei suoi ultimi istanti di lucidità, ha tenuto le sue ossa incollate ai vasi».

«Accidenti!». Alaric si passò una mano sulla fronte, rabbrividendo.

Scatta delle foto! Elena cercava di controllarlo con la telepatia, facendo appello a tutta la propria forza di volontà per trasmettere l'ordine. Non si accorse che anche Bonnie stava facendo la stessa cosa, con gli occhi chiusi e i pugni serrati.

Come se stesse obbedendo ai loro ordini, Alaric scattava foto più veloce che poteva.

Alla fine posò la macchina: aveva ripreso tutti i dettagli. Ma Elena sapeva che, senza uno stimolo esterno, quelle foto non sarebbero arrivate a Fell's Church prima che Alaric stesso vi tornasse. E neppure Meredith sapeva quando ciò sarebbe avvenuto.

Allora che cosa facciamo?, le chiese Bonnie con aria angosciata.

Dunque… Le mie lacrime erano reali quando Stefan era in prigione.

Vuoi che piangiamo sulle sue spalle?

No, disse Elena, un po' spazientita. *Ma giacché sembriamo dei fantasmi… Comportiamoci come tali. Proviamo a soffiargli sulla nuca.*

Così fecero, e osservarono Alaric che rabbrividiva, si guardava attorno e si stringeva nella giacca a vento.

«E che mi dici degli altri decessi nella tua spedizione?», chiese, avvicinandosi alla ragazza e guardandosi attorno con aria vaga.

Celia cominciò a parlare, ma né Bonnie né Elena la stavano ascoltando. Bonnie continuava a soffiare su Alaric da varie direzioni, spingendolo verso l'unica finestra dell'edificio che non era ridotta in frantumi. Elena aveva scritto qualcosa con il dito sul vetro freddo e annerito. Appena si accorse che Alaric stava guardando da quella parte, alitò sul vetro per far apparire la frase: *Invia subito tutte le foto dei vasi a Meredith!* Ogni volta che Alaric si avvicinava alla finestra, Elena vi soffiava sopra per rinfrescare le parole.

E alla fine lui le vide.

Fece un salto all'indietro, quasi a piè pari. Poi si riavvicinò alla finestra, con fare cauto e circospetto. Elena alitò sulla scritta. Stavolta Alaric, invece di saltare, si limitò a passarsi una mano sugli occhi e a esaminare timidamente il vetro.

«Ehi, Mister Caccia-fantasmi», disse Celia. «Tutto a posto?»

«Non lo so», ammise Alaric. Si passò di nuovo una mano sugli occhi, ma giacché si stava avvicinando Celia, Elena evitò di soffiare sul vetro.

«Credo di aver visto un... un messaggio che mi chiedeva di mandare le copie delle foto dei vasi a Meredith».

Celia sollevò un sopracciglio. «Chi è Meredith?»

«Oh. Lei... lei è una delle mie ex allieve. Credo che potrebbe trovarle interessanti». Abbassò lo sguardo sulla videocamera.

«Ossa e urne funebri?»

«Be', anche tu hai cominciato a interessartene quando eri piuttosto giovane, se le voci su di te sono esatte».

«Oh, sì. Adoravo osservare un uccello morto che andava in putrefazione, o cercare di capire a quale animale appartenessero le ossa che trovavo», disse Celia, mostrando di nuovo il suo sorriso birichino. «Dall'età di sei anni. Non ero come la maggior parte delle ragazze».

«Be', nemmeno Meredith lo è», disse Alaric.

Elena e Bonnie si scambiarono un lungo sguardo d'intesa. Alaric aveva suggerito che Meredith fosse speciale, ma non l'aveva *detto*, né aveva fatto parola della loro relazione e della promessa di fidanzamento.

Celia si avvicinò. «Allora, hai intenzione di mandarle quelle foto?».

Alaric rise. «Insomma, con questa atmosfera e il resto… Non lo so. Potrebbe essere stata solo la mia immaginazione».

Celia si voltò, ed Elena ne approfittò per soffiare di nuovo sul vetro. Alaric alzò le braccia in un gesto di resa.

«Immagino che l'Isola della Distruzione non abbia una copertura satellitare», disse rassegnato.

«No», rispose Celia. «Ma il traghetto tornerà domani, e allora potrai inviare le tue foto, se non avrai cambiato idea».

«Penso che *mi convenga* mandarle», disse Alaric. Elena e Bonnie lo guardarono di traverso.

Proprio allora le palpebre di Elena cominciarono ad abbassarsi. *Oh, Bonnie, mi dispiace. Vorrei discutere con te di quello che è successo, e assicurarmi che tu stia bene. Ma mi sto addormentando… Non riesco a…*

Riuscì a tenere gli occhi aperti ancora un po'. Bonnie era in posizione fetale, profondamente addormentata.

Stai attenta, sussurrò Elena. Non era sicura di essersi rivolta proprio a Bonnie. E mentre si allontanava, nuotando nell'aria, si accorse del modo in cui Alaric si rivolgeva a quella donna bellissima e realizzata, solo un anno più vecchia di lui. Era molto preoccupata per Meredith, tra tutti gli altri problemi.

14

Il mattino dopo Elena notò che Meredith era ancora debole e pallida, e che distoglieva gli occhi appena Stefan la guardava. Ma la situazione era critica, ed Elena, subito dopo aver lavato i piatti della colazione, chiamò tutti a raccolta in salotto. Assieme a Stefan raccontò quello che l'amica si era persa durante la visita degli agenti. Meredith abbozzò un sorriso fiacco quando Elena raccontò di come Stefan li avesse scacciati come cani randagi.

Poi Elena riferì la storia della propria esperienza extracorporea. Se non altro, dimostrava una cosa: Bonnie era viva e stava abbastanza bene, come fece notare la signora Flowers. Meredith si morse le labbra, perché a lei quella notizia faceva solo venir voglia di correre lì e tirar fuori personalmente Bonnie dalla Dimensione Oscura.

Ma d'altra parte, voleva rimanere e aspettare le fotografie di Alaric. Se fosse servito a salvare Fell's Church…

Nessuno alla pensione poteva mettere in dubbio ciò che era accaduto sull'Isola della Distruzione. Stava succedendo anche lì, dall'altra parte del mondo. Già una coppia, a Fell's Church, aveva visto portar via i propri figli dal dipartimento dei servizi sociali della Virginia. Erano cominciate punizioni e rappresaglie. Quanto ci sarebbe voluto perché Shinichi e Misao trasformassero tutti i bambini in armi letali? O liberassero quelli già trasformati? Quanto ancora prima che qualche genitore isterico uccidesse un ragazzo?

Il gruppo seduto in salotto discusse piani e metodi. Alla fine decisero di creare due vasi identici a quelli che avevano visto Elena e Bonnie, sperando di riuscire a riprodurre le scritte. Erano sicuri che quei vasi, in origine, fossero i contenitori in cui Shinichi e Misao erano stati isolati dal resto del mondo.

Quindi, una volta, i gemelli kitsune erano stati rinchiusi nello spazio piuttosto ristretto delle urne. Ma cosa aveva a disposizione il gruppo di Elena per adescarli e farli tornare là dentro?

Il Potere, decisero. Una quantità enorme di Potere al quale i gemelli non potevano resistere. Era il motivo per cui la sacerdotessa aveva tentato di adescarli con il proprio sangue. Quindi... serviva il liquido di una sfera stellata piena... oppure il sangue di un vampiro eccezionalmente potente. O di due vampiri. O tre.

Ci rifletterono a mente lucida. Non sapevano quanto sangue sarebbe servito, ma Elena temeva che sarebbe stato più di quanto potessero permettersi di perdere. Di sicuro era più di quanto avesse potuto offrire la sacerdotessa.

Poi rimasero in silenzio, in attesa che Meredith parlasse. «Sono sicura che tutti vi state chiedendo cosa sia questo», disse, tirando fuori il bastone dal nulla, per quanto poté vedere Elena. Si chiese come avesse fatto. Non l'aveva con sé e poi all'improvviso eccolo lì.

Fissarono alla luce viva del sole l'elegante bellezza dell'arma.

«Chiunque l'abbia fatta», disse Matt, «aveva un'immaginazione contorta».

«È stato uno dei miei antenati», disse Meredith. «E penso che tu abbia ragione».

«Vorrei farti una domanda», disse Elena. «Se ce l'avevi dall'inizio del tuo addestramento, e se sei cresciuta in quel tipo di ambiente, avresti cercato di uccidere Stefan? Avresti cercato di uccidere me quando ero diventata un vampiro?»

«Mi piacerebbe avere una buona risposta», disse Meredith, con gli scuri occhi grigi velati di tristezza. «Ma non ce l'ho. Ho spesso degli incubi su questo. Ma come faccio a sapere cosa avrei fatto se fossi stata una persona diversa?»

«Non è quello ti ho chiesto. Parlo di te, della persona che sei adesso. Se fossi stata addestrata...»

«*L'addestramento è un lavaggio del cervello*», disse aspra Meredith. La sua maschera calma e composta stava per spezzarsi.

«Va bene, lascia perdere. Avresti cercato di uccidere Stefan, se avessi avuto quel bastone?»

«Si chiama "bastone da combattimento". E *noi* – ovvero quelli come la mia famiglia, anche se i miei genitori ne sono usciti – ci chiamiamo "cacciatori di vampiri"».

Tutti restarono senza fiato. La signora Flowers versò a Meredith un altro po' di tisana dalla teiera poggiata su un treppiede.

«Cacciatori di vampiri», ripeté Matt con un certo gusto. Non era difficile capire a chi stesse pensando.

«Ci sono anche altri nomi», continuò Meredith. «Ho sentito dire che nei paesi non occidentali ci chiamano "ammazza-vampiri". Ma noi qui ci atteniamo alla nostra tradizione».

Elena tutt'a un tratto si sentiva una ragazzina sperduta. Era proprio Meredith, la sua sorellona, che parlava in quel modo. La voce le uscì quasi implorante. «Ma non l'hai detto nemmeno a Stefan».

«No, non l'ho detto. E no, non penso che avrei avuto il coraggio di uccidere qualcuno, a meno che non mi avessero fatto il lavaggio del cervello. Ma sapevo che Stefan ti amava. Sapevo che non ti avrebbe mai trasformata in vampiro. Il problema era che non ne sapevo abbastanza di Damon. Non pensavo che stessi facendo tutte quelle sciocchezze. Credo che nessuno lo sapesse», concluse Meredith con voce angosciata.

«Eccetto me», disse Elena, arrossendo, con un sorriso obliquo. «Non essere triste, Meredith. È andata bene».

«Hai dovuto abbandonare la tua famiglia e la tua città perché tutti pensavano che fossi morta, e questo lo chiami "andar bene"?»

«Sì», replicò Elena, «se significa stare con Stefan». Fece del suo meglio per non pensare a Damon.

Meredith la fissò per un attimo con sguardo assente, poi si coprì la faccia con le mani. «Vuoi dirglielo tu o glielo dico io?», chiese scostando le mani per respirare e guardando Stefan.

Lui sembrava sorpreso. «Ricordi?»

«Probabilmente le stesse cose che hai ricavato dalla mia mente. Frammenti, immagini incomplete. Cose che non voglio ricordare».

«D'accordo». Stefan sembrava sollevato, ed Elena ebbe paura. Stefan e Meredith condividevano un segreto?

«Tutti sappiamo che Klaus è venuto almeno due volte a Fell's Church. Sappiamo che era assolutamente malvagio e che la seconda volta aveva deciso di diventare un assassino seriale. Ha ucciso Sue Carson e Vickie Bennett».

Lei lo interruppe con discrezione. «O almeno ha aiutato Tyler Smallwood a uccidere Sue, in modo da farlo diventare un lupo mannaro. E poi Tyler ha messo incinta Caroline».

Matt, colto da un dubbio improvviso, si schiarì la voce. «Uh... Anche Caroline deve uccidere qualcuno per diventare un vero lupo mannaro?»

«Non credo», disse Elena. «Stefan dice che le basta avere una cucciolata di lupi. Anche in quel caso sarà versato del sangue. Caroline diventerà a tutti gli effetti una mannara quando avrà i suoi gemelli, ma è probabile che, involontariamente, cominci a cambiare già prima. Giusto?».

Stefan annuì. «Esatto. Ma tornando a Klaus: cosa supponiamo abbia fatto la prima volta che è venuto qui? Ha attaccato, senza ucciderlo, un vecchio che, in pratica, era un cacciatore di vampiri».

«Mio nonno», sussurrò Meredith.

«E, a quanto pare, ha incasinato così tanto la testa del nonno di Meredith che quell'uomo ha cercato di uccidere la moglie e la nipotina di tre anni. Quindi, cosa non quadra in tutto ciò?».

Elena ora era davvero spaventata. Non voleva ascoltare il seguito. Sentiva in gola il sapore della bile ed era felice di aver mangiato solo dei toast a colazione. Se solo ci fosse stato qualcuno di cui prendersi cura, tipo Bonnie, si sarebbe sentita meglio.

«Mi arrendo. Cosa non quadra?», tagliò corto Matt.

Meredith aveva di nuovo lo sguardo perso nel vuoto.

Finalmente Stefan disse: «A rischio di farla sembrare una scadente telenovela... Meredith aveva, o ha, un fratello gemello».

Sul gruppo in salotto cadde un silenzio mortale. Persino la *Mama* della signora Flowers rinunciò a dire la sua.

«Aveva o ha?», disse Matt alla fine, rompendo il silenzio.

«Come facciamo a saperlo?», rispose Stefan. «Forse è stato assassinato. Immagina Meredith costretta ad assistere a tutto ciò. Oppure è stato rapito. Per essere ucciso in un secondo momento... O per essere trasformato in vampiro».

«E tu pensi davvero che i suoi genitori non gliel'avrebbero detto?», chiese Matt. «O che avrebbero cercato di farle dimenticare tutto? Quando aveva già... quanto, tre anni?».

La signora Flowers, che era rimasta a lungo in silenzio, disse in tono triste: «La cara Meredith può aver deciso di nascondere la verità a se stessa. Con una bambina di tre anni non si può mai dire. Se non l'hanno mai portata da uno psicologo...». Guardò Meredith in modo interrogativo.

Lei scosse la testa. «Era contrario al nostro codice», disse. «Insomma, a rigor di termini, non dovrei parlare a nessuno di voi di queste cose, specialmente a Stefan. Ma non ce la facevo più, non riuscivo più a sopportare... di avere degli amici così veri e di doverli ingannare di continuo».

Elena si avvicinò e l'abbracciò stretta. «È comprensibile», disse. «Non so cosa succederà se in futuro deciderai di diventare attivamente una cacciatrice...».

«Vi prometto che voi, amici, non sarete mai sulla lista delle mie vittime», disse Meredith. «Comunque», aggiunse, «Shinichi lo sa. Io sono quella che ha nascosto un segreto ai suoi amici per tutta la vita».

«Non più», disse Elena e l'abbracciò di nuovo.

«Almeno non ci sono più segreti adesso», commentò dolcemente la signora Flowers, ed Elena le rivolse uno sguardo penetrante. Niente era mai così semplice. E Shinichi aveva fatto un bel po' di predizioni.

Poi guardò i miti occhi azzurri della vecchia signora, e capì che in quel momento non era importante capire cosa fosse vero e cosa falso, né giudicare, ma semplicemente confortare Meredith. Mentre continuava ad abbracciare l'amica, alzò gli occhi verso Stefan e notò che aveva lo stesso sguardo della signora Flowers.

E questo la fece sentire meglio. Perché se davvero non ci fossero stati più segreti, lei avrebbe dovuto fare i conti con i suoi sentimenti per Damon. E questo le faceva più paura che affrontare Shinichi, il che la diceva lunga, in effetti.

«Almeno abbiamo un tornio da vasaio da qualche parte», disse la signora Flowers. «E sul retro dovrebbe esserci un essiccatoio, anche se ormai sarà invaso dalle ortensie selvatiche. Li usavo per fare dei vasi da fiori da mettere fuori dalla pensione, ma i bambini venivano e li rompevano. Credo che potrei fare un'urna simile a quelle che avete visto, se me ne disegnate una. Ma forse sarebbe meglio aspettare le foto del signor Saltzman».

Matt stava bisbigliando qualcosa a Stefan. Elena non riuscì a capire finché non sentì la voce di Stefan nella sua mente. *Dice che una volta Damon gli ha detto che questa casa è come un mercatino delle pulci, e che ci puoi trovare qualsiasi cosa se cerchi abbastanza bene.*

Non è una frase di Damon! Penso che la prima a pronunciarla sia stata la signora Flowers, e poi si è sparsa la voce, rispose Elena con veemenza.

«Quando avremo le foto», disse allegramente la signora Flowers, «potremo portarle alle signore Saitou perché traducano le scritte».

Meredith si sciolse dall'abbraccio di Elena. «E fino ad allora possiamo pregare che Bonnie non si cacci in qualche guaio», disse, con la voce e l'espressione del viso di nuovo serene. «Io comincio adesso».

Bonnie era sicura di poter rimanere fuori dai guai.

Aveva fatto quel sogno strano, in cui si era liberata del proprio corpo ed era andata con Elena sull'Isola della Distruzione. Per fortuna, sembrava fosse stata una vera esperienza extracorporea, e non qualcosa su cui dover meditare per cercare di trovare significati nascosti. Non significava che lei era condannata o qualcosa del genere.

In più, era riuscita a sopravvivere un'altra notte in quella stanza marrone, e Damon *doveva* venire e tirarla fuori da lì. Ma prima si sarebbe concessa una prugna candita. O due.

Sì, ne aveva assaggiata una nel racconto della notte precedente, ma Marit era una bambina così giudiziosa che aveva aspettato la cena prima di mangiare l'altra. La cena si trovava nel capitolo successivo sui Dustbin, in cui si era immersa quella mattina. Ma conteneva l'orribile scena della piccola Marit che divorava il fegato crudo della sua prima preda, appena cacciata a mani nude. Bonnie si era subito staccata la piccola sfera stellata dalla tempia, e aveva deciso di non fare nulla che potesse farla finire in una riserva di caccia agli umani.

Ma poi si era messa compulsivamente a contare i soldi. Sì, aveva dei soldi. Sapeva dov'era il negozio che le interessava. E questo voleva dire... shopping!

Quando arrivò il momento della sua pausa-bagno, riuscì ad attaccare bottone con il ragazzo che di solito l'accompagnava alla latrina all'aperto. Lo fece arrossire così tanto e gli tirò il lobo dell'orecchio così spesso che, quando lo implorò di darle la chiave a lasciarla andare in bagno da sola, perché dopotutto la strada la conosceva, lui fu costretto a cedere e la lasciò andare, chiedendole solo di fare in fretta.

E lei si affrettò. Attraversò di corsa la strada ed entrò nel negozietto pieno di fondenti, caramelle mou fatte a mano e altri dolci fragranti che facevano venire l'acquolina in bocca. Profumavano così tanto che Bonnie avrebbe potuto trovare il negozio anche a occhi chiusi.

Sapeva anche cosa voleva. Sapeva com'era fatta grazie al racconto e a quella che aveva assaggiato Marit.

Una prugna candita era tonda come una prugna vera, e sapeva

di datteri, mandorle, spezie e miele. Forse c'era anche un po' di uvetta. Doveva costare cinque *soli*, secondo la storia, ma Bonnie aveva portato con sé quindici monetine di rame, in caso di emergenza dolciaria.

Appena entrata, si guardò attorno con circospezione. C'erano molti clienti nel negozio, forse sei o sette. C'era anche una ragazza dai capelli castani vestita di iuta come lei. Sembrava esausta. Bonnie si avvicinò furtiva e infilò cinque monetine di rame nella mano screpolata della ragazza, pensando che ora anche lei avrebbe potuto comprarsi la sua prugna candita; questo avrebbe dovuto tirarla su di morale. Funzionò: la ragazza le rivolse quel tipo di sorriso che Mamma Dustbin rivolgeva a Marit quando faceva qualcosa di adorabile.

"Mi chiedo se dovrei parlarle", pensò Bonnie.

«Sembra ci sia molta gente», bisbigliò, chinando la testa.

La ragazza rispose sottovoce: «Già. Ieri ho aspettato tutto il giorno sperando che arrivasse il mio turno, ma alla fine, proprio quando era uscito l'ultimo cliente, è entrato un nobile».

«Vuoi dire che devi aspettare che si svuoti il negozio per...?».

La ragazza con i capelli castani la guardò incuriosita. «Ma certo. A meno che tu non stia facendo delle compere per il tuo padrone».

«Come ti chiami?», bisbigliò Bonnie.

«Kelta».

«Io sono Bonnie».

Kelta si lasciò andare a risatine convulse e soffocate.

Bonnie si sentiva offesa; le aveva appena dato una prugna candita, o almeno i soldi per comprarla, e ora quella ragazza rideva di lei.

«Scusa», disse Kelta quando il suo attacco di risa scemò. «Ma non ti sembra buffo che nell'ultimo anno tante ragazze abbiano cambiato nome in Aliana, Mardeth e Bonna? Alcune schiave hanno perfino avuto il permesso di farlo».

«Ma perché?», chiese Bonnie con tale genuino sconcerto che Kelta rispose: «Perché? Per conformarsi alla moda del momento. Per essere chiamate come le ragazze che hanno ucciso la vecchia Bloddeuwedd mentre si aggirava infuriata per la città».

«Hanno fatto davvero tanto scalpore?»

«Sul serio non lo sai? Dopo la sua morte, tutto il suo denaro è andato al quinto settore, che era il posto in cui viveva, ed era così tanto che ne è avanzato un po' per concedere a tutti una vacanza. È da lì che vengo. Prima ero spaventata a morte quando mi mandavano fuori per consegnare un messaggio o per fare qualche commissione dopo il tramonto, perché lei poteva arrivarti addosso e non te ne saresti accorto finché...». Kelta aveva messo tutte le monete in una tasca e stava mimando degli artigli che calavano su una mano inerme.

«Ma tu sei davvero una Bonna», aggiunse, con un sorriso che fece brillare i suoi denti bianchi sul viso alquanto sudicio. «O almeno così hai detto di chiamarti».

«Già», disse Bonnie con un vago senso di malinconia. «Sono una Bonna, d'accordo!». Un attimo dopo si rallegrò. «Il negozio è vuoto!».

«È vero! Oh, sei una Bonna portafortuna! Erano due giorni che aspettavo».

La ragazza si avvicinò al bancone con un portamento impavido che incoraggiò molto anche Bonnie. Poi chiese qualcosa che si chiamava "gelatina di sangue" e che a Bonnie sembrò molto simile a un budino alla fragola, con qualcosa di scuro all'interno. Kelta le sorrise attraverso la frangia lunga e stopposa, e uscì.

Il gestore del negozio di dolci continuò a guardare la porta, nella speranza che entrasse un cittadino libero o un nobile. Ma non apparve nessuno, purtroppo, e alla fine si girò verso Bonnie.

«E tu cosa vuoi?», chiese.

«Solo una prugna candita, grazie». Bonnie si sforzò di controllare la propria voce affinché non tremasse.

L'uomo era annoiato. «Mostrami il lasciapassare», disse con aria irritata.

Fu a quel punto che Bonnie si accorse che le cose stavano per mettersi davvero male.

«Su, sbrigati, tiralo fuori!». Senza distogliere gli occhi dal libro contabile, l'uomo schioccò le dita.

Intanto Bonnie si passava le mani sul grembiule del vestito di tela, pur sapendo che lì non c'erano tasche, e che di certo non c'era un lasciapassare.

«Ma io credevo che il lasciapassare servisse solo ad attraversare i settori», balbettò alla fine.

L'uomo si chinò sul bancone. «Allora mostrami il tuo certificato di libertà», disse, e Bonnie fece l'unica cosa che le venne in mente. Si girò e scappò, ma prima di arrivare alla porta sentì un dolore pungente alla schiena e poi divenne tutto sfocato. Aveva già perso i sensi quando cadde a terra.

15

Bonnie si svegliò emergendo lentamente da qualche luogo oscuro.

Desiderò non averlo fatto. Si trovava in una struttura all'aperto. Alti edifici precludevano la vista dell'orizzonte su cui era sospeso l'eterno sole rosso. Intorno a lei c'erano moltissime altre ragazze, tutte più o meno della sua età. Questo, in primo luogo, era sconcertante. Se prendi un campione a caso di donne dalla strada, ci saranno ragazzine che piangono perché vogliono la mamma, e ci saranno donne di mezza età che si prendono cura di loro. Avrebbero dovuto esserci anche delle signore anziane. Quel posto somigliava piuttosto a...

Oh, Dio, sembrava uno di quei depositi di schiavi dai quali erano passate l'ultima volta che erano andate nella Dimensione Oscura. Elena aveva ordinato loro di chiudere gli occhi e tapparsi le orecchie mentre li attraversavano. Ma ora che Bonnie era sicura di trovarsi in uno di quei depositi, non c'era modo di ignorare i volti impassibili, gli occhi pieni di terrore e le labbra tramanti delle ragazze che la circondavano.

Voleva parlare, trovare il modo di uscire da lì. Perché doveva esserci un modo, Elena avrebbe insistito. Ma prima chiamò a raccolta tutto il proprio Potere, lo avvolse in un grido, e urlò mentalmente: *Damon! Damon! Aiuto! Ho davvero bisogno di te!*

In risposta udì solo il silenzio.

Damon! Sono Bonnie! Sono in un deposito di schiavi! Aiuto!

All'improvviso le venne un presentimento e abbassò le barriere psichiche. Fu subito travolta. Anche lì, ai margini della città, l'aria era colma di messaggi brevi e lunghi: grida d'impazienza, battute da camerati, saluti e richieste. E conversazioni più durature e meno impazienti su vari argomenti, istruzioni, chiacchierate scherzose e pettegolezzi. Non riusciva a star dietro a tutte quelle voci. Si trasformarono in un flusso minaccioso di suoni psichici che si curvò come un'onda sul punto di travolgerla e spaccarle la testa in un milione di pezzi.

E allora, tutt'a un tratto, il caos telepatico svanì. Bonnie riuscì a mettere a fuoco una ragazza bionda, un po' più grande di lei e più alta di circa dieci centimetri.

«Ho detto: ti senti bene?», disse la ragazza. A quanto pareva, lo stava ripetendo da un bel po'.

«Sì», rispose automaticamente Bonnie. *No!*, pensò.

«Dovresti prepararti a muoverti, se vuoi. Hanno già dato il primo fischio per la cena, ma sembravi davvero sconvolta. Così ho aspettato il secondo».

"Cosa dovrei dire? 'Grazie' sembra la risposta più appropriata".

«Grazie», disse Bonnie. Poi aggiunse senza pensare: «Dove mi trovo?».

La ragazza bionda sembrava sorpresa. «Al deposito degli schiavi fuggiaschi, ovviamente».

Bene, ecco cos'era. «Ma io non sono scappata», protestò. «Avevo intenzione di tornare subito indietro dopo aver comprato una prugna candita».

«Non so che dirti. Io stavo cercando di scappare, ma alla fine mi hanno presa». La ragazza batté il pugno nel palmo della mano. «Sapevo di non dovermi fidare di quel porta-lettiga. Mi ha portata dritta alle autorità, e io cieca e all'oscuro di tutto».

«Vuoi dire che avevi abbassato le tende della lettiga...?», stava chiedendo Bonnie, quando un fischio acuto la interruppe. La ragazza bionda la prese per mano e cominciò a trascinarla lontano dalla recinzione. «È il fischio che indica il secondo turno della cena. Meglio non perderlo, perché dopo chiudono per la notte. Io sono Eren. E tu?»

«Bonnie».

Eren sbuffò e sorrise. «A me sta bene».

Bonnie si lasciò condurre su per una scalinata sporca e dentro una sudicia mensa. La ragazza bionda, che sembrava considerarsi la custode di Bonnie, le porse un vassoio e la spinse avanti. Sembrava che Bonnie pareva non avesse alcun diritto di scelta su ciò che le mettevano nel piatto. Non poté nemmeno rifiutare certi noodles che si contorcevano leggermente, ma alla fine riuscì ad afferrare un panino in più.

Damon! Nessuno le stava vietando di mandare messaggi, così continuò a farlo. Se proprio dovevano punirla, pensò spavalda, almeno l'avrebbero fatto perché aveva tentato di uscire da lì. *Damon, sono in un deposito di schiavi! Aiutami!*

La bionda Eren prese cucchiaio e forchetta, e Bonnie fece altrettanto. Non c'erano coltelli. C'erano dei tovagliolini, con grande sollievo di Bonnie, perché era lì che sarebbero finiti i Noodles Contorsionisti.

Senza Eren, Bonnie non avrebbe mai trovato un posto ai tavoli, che erano strapieni di ragazze intente a ingozzarsi. «Spostati! Fatti più in là», continuò a dire Eren finché non ci fu abbastanza spazio per lei e Bonnie.

La cena fu una prova di coraggio per Bonnie, e anche un test della sua capacità di urlare forte. «Perché stai facendo tutto questo per me?», gridò nell'orecchio di Eren, approfittando di un momento di calma nell'assordante vocio.

«Oh, be', questa situazione e i tuoi capelli rossi mi hanno fatto venire in mente il messaggio di Aliana, sai. Alla vera Bonny». Pronunciò il suo nome in modo strano, mangiandosi la finale, ma almeno non era Bonna.

«A quale ti riferisci? Quale messaggio, volevo dire?», strillò Bonnie.

Eren la guardò come a dire: *ma stai scherzando*? «Aiuta quando puoi, offri un tetto se ne hai uno, sii una guida quando sai dove andare», disse in una specie di cantilena impaziente, poi sembrò mortificata e aggiunse: «E sii paziente con i ritardati». Si buttò sul cibo con l'aria di aver detto tutto ciò che c'era da dire.

"Accidenti!", pensò Bonnie. Qualcuno doveva aver preso le idee di Elena e le aveva sviluppate per conto suo. Perché lei non aveva mai detto quelle cose.

Sì, ma... ma forse le aveva messe in pratica, pensò Bonnie, sentendo un formicolio in tutto il corpo. E forse qualcuno l'aveva vista e aveva dato voce alle sue azioni. Per esempio, quel tipo dallo sguardo spiritato al quale aveva dato il suo anello o il suo braccialetto. Aveva anche donato i suoi orecchini ai mendicanti con i cartelli. Cartelli che dicevano: POESIA IN CAMBIO DI CIBO.

Il resto della cena fu questione di infilzare il cibo con la forchetta senza guardarlo, masticarlo un poco, e poi decidere se sputarlo nel fazzoletto già pieno di roba che si contorceva o cercare di ingoiarlo senza sentirne il sapore.

In seguito le ragazze furono condotte a passo di marcia in un altro edificio, pieno di paglierìcci. Erano più piccoli e non sembravano comodi come quello che Bonnie aveva alla locanda. Era inorridita e furiosa con se stessa per aver lasciato quella stanza. Lì aveva sicurezza, cibo commestibile e qualcosa per passare il tempo – persino i Dustbin erano avvolti dal bagliore dorato del ricordo – e aveva la possibilità che Damon la trovasse. Lì al deposito, invece, non aveva niente.

Ma sembrava che Eren esercitasse un'influenza magnetica sulle altre ragazze, oppure là dentro erano tutte seguaci di Aliana, perché quando la sua nuova amica gridò: «Dov'è un pagliericcio? Ho una ragazza nuova nella mia stanza. Volete farla dormire sul pavimento nudo?», un materasso polveroso fu passato di mano in mano fino alla sua "stanza"; ovvero a un gruppo di paglierìcci sistemati a raggiera con le teste verso il centro. In cambio, Eren distribuì il contenuto del fazzoletto che le aveva dato Bonnie. Quei noodles si contorcevano ancora. «Condividi e dividi in parti uguali», disse Eren decisa, e Bonnie si chiese se pensasse che anche quello era un motto di Aliana.

Si sentì un fischio stridulo. «Tra dieci minuti si spengono le luci», gridò una voce aspra. «Le ragazze che fra dieci minuti non saranno nei loro letti saranno punite. Domani tocca al settore C».

«Perfetto! Ci faranno diventare fottutamente sorde prima di venderci», bofonchiò Eren.

«Prima di venderci?», ripeté stupidamente Bonnie, anche se sapeva cosa sarebbe successo dal momento stesso in cui aveva capito di trovarsi in un deposito di schiavi.

Eren si girò e sputò. «Già», disse. «Quindi puoi avere un'altra crisi di nervi ma poi basta. Solo due a testa, e ti assicuro che prima di domani ti pentirai di non essertene tenuta una».

«Non sto per avere una crisi di nervi», disse Bonnie. «Sto solo chiedendo come saremo vendute. È una di quelle orribili aste pubbliche in cui devi stare davanti alla folla solo con la sottoveste?»

«Già, è quello che tocca alla maggior parte di noi», disse sottovoce una ragazzina che aveva pianto in silenzio tutto il tempo durante la cena e mentre si preparavano per dormire. «Ma quelle che scelgono come articoli pregiati devono aspettare. Ci fanno fare un bagno e indossare dei bei vestiti, ma è solo per renderci più presentabili per i clienti. Così che possano *ispezionarci* più da vicino». Rabbrividì.

«Stai spaventando la ragazza nuova, Mouse», la rimproverò Eren. «La chiamiamo così perché ha sempre paura», disse a Bonnie.

Bonnie gridò in silenzio: *Damon!*

Damon era agghindato con la sua nuova uniforme da capitano della guardia. Era elegante, completamente nera, con il profilo di una sfumatura più chiara (persino lui ammetteva la necessità del contrasto). Aveva anche un mantello.

Ed era di nuovo un vampiro, potente e autorevole come mai aveva immaginato. Per un po' si crogiolò nella sensazione di aver fatto un buon lavoro. Poi fletté i muscoli da vampiro e spinse Jessalyn, che era di sopra, in un sonno profondo, mentre inviava ondate di Potere in tutta la Dimensione Oscura, per controllare cosa stesse succedendo nei vari distretti.

Jessalyn... era un vero dilemma. Sentiva di doverle lasciare almeno un messaggio, ma non sapeva bene cosa scrivere.

Cosa poteva dirle? Che se n'era andato? L'avrebbe capito da sola. Che gli dispiaceva? Be', evidentemente non era tanto dispiaciuto da scegliere di restare. Che i suoi doveri lo chiamavano altrove?

Un attimo. Questo poteva davvero funzionare. Poteva dirle che doveva sorvegliare il territorio e che, rimanendo al castello, dubitava di poter fare bene il suo lavoro. Poteva dirle che sarebbe tornato... presto. Prestissimo. In un lampo.

Damon premette la lingua contro un canino, tastando la punta aguzza, sentendone la gratificante lunghezza. Aveva una gran voglia di mettersi alla prova con quei programmi dei Servizi Segreti Occulti contro i vampiri. Voleva andare a caccia, punto e basta. Certo, in quel posto c'era così tanto Black Magic che quando aveva fermato un domestico chiedendone un po', l'uomo gli aveva portato una bottiglia magnum. Di tanto in tanto beveva vino e sangue da calici eleganti, ma ciò che desiderava davvero era andare a caccia. E non di uno schiavo e non certo di un animale. Non gli sarebbe bastato nemmeno farsi una passeggiata sperando di trovare una nobildonna compiacente con la quale approfondire la conoscenza.

Fu in quel momento che si ricordò di Bonnie.

Nel giro di tre minuti aveva sistemato a puntino tutto ciò che doveva fare, inclusa la consegna annuale di dozzine di rose alla principessa a suo nome. Jessalyn gli aveva concesso una rendita annua *molto* generosa, ed erogata in anticipo già dal primo mese.

Nel giro di cinque minuti aveva raggiunto la zona del mercato in metà tempo, facendo la strada di volata, benché con modi piuttosto incivili.

Quindici minuti dopo, aveva le mani intorno al collo della proprietaria della locanda, la donna che aveva pagato molto bene per assicurarsi che non accadesse mai proprio quello che era successo.

Un minuto dopo, l'affittacamere gli stava offrendo con una certa insistenza la vita del suo schiavo, un giovanotto non molto intelligente, come risarcimento. Damon indossava ancora l'uniforme da capitano della guardia. Poteva prendersi il ragazzo per ucciderlo, torturarlo, fargli quello che gli pareva... Avrebbe potuto farsi restituire i soldi...

«Non voglio il tuo lurido schiavo», ringhiò. «Voglio indietro la mia! Lei vale...». Tacque di colpo per calcolare quante ragazze comuni valesse Bonnie. Cento? Mille? «Lei vale infinitamente di più...», cominciò, quando l'affittacamere lo sorprese interrompendolo.

«Allora perché l'hai lasciata in un buco come questo?», disse. «Sì, conosco il valore delle mie camere. Se era così dannatamente preziosa, perché l'hai lasciata qui?».

Già, perché l'aveva lasciata in quel posto? Perché non era riuscito a pensare. Era nel panico, quasi fuori di testa... Ecco come l'aveva ridotto la condizione di umano. Aveva pensato solo a se stesso, mentre la piccola Bonnie – la fragile Bonnie, il suo pettirosso – era rimasta chiusa in quel lurido posto. Non voleva continuare a pensarci. Lo faceva raggelare e ribollire di rabbia al tempo stesso.

Chiese alla donna di far ispezionare tutti gli edifici del vicinato. Qualcuno doveva pur aver visto qualcosa.

Bonnie era stata svegliata troppo presto e separata da Eren e Mouse. All'improvviso aveva voglia di lasciarsi andare a una crisi di pianto, di perdere il controllo. Era tutta un tremito. *Damon! Aiutami!*

Poi vide una ragazza che sembrava non riuscisse ad alzarsi dal suo pagliericcio, e una donna con le braccia robuste come quelle di un uomo che si avvicinava con una verga di frassino per infliggerle la punizione.

Allora la sua mente si annebbiò. Elena o Meredith avrebbero cercato di fermare quella donna e persino l'enorme meccanismo in cui erano rimaste intrappolate, ma Bonnie non ne era capace. L'unica cosa che riusciva a fare era tentare di non avere una crisi di nervi. Aveva una canzone nella testa che non andava più via, e non era nemmeno una canzone che le piaceva, ma continuava a ripetersi all'infinito, mentre le schiave intorno a lei venivano disumanizzate, spezzate, ridotte a corpi meccanici, puliti ma senz'anima.

Fu lavata e strofinata senza pietà da due donnoni muscolosi che senza dubbio avevano passato tutta la vita a sfregare bene i corpi di sudice ragazze di strada fino a farli diventare lindi e rosei. Almeno per una notte. Ma alla fine le sue proteste indussero le donne a guardarla sul serio e a notare che le stavano scorticando la pelle chiara, quasi traslucida. Così si concentrarono sui capelli e li lavarono in modo così energico che sembrava volessero strapparli dalle radici. Alla fine, comunque, la lasciarono andare e le diedero un asciugamano pulito per asciugarsi.

Poi, in quella che Bonnie aveva identificato come una grande catena di montaggio, ci furono delle donne grassocce e più gentili che le tolsero l'asciugamano, la fecero sdraiare su un divano e la massaggiarono con oli profumati. Proprio quando cominciava a sentirsi meglio, la fecero alzare bruscamente per rimuovere gli oli, eccetto quelli che erano stati assorbiti dalla pelle. Poi le donne cominciarono a gridare dei numeri, mentre sembrava che le prendessero le misure, e quando Bonnie raggiunse la tappa successiva, il guardaroba, trovò tre vestiti ad aspettarla su una sbarra. Ce n'era uno grigio, uno verde e uno nero.

Bonnie pensò apaticamente che di certo le avrebbero dato quello verde, perché s'intonava con i suoi capelli, ma dopo che li ebbe provati tutti e tre, una donna portò via il vestito verde e quello grigio, lasciandola con un abitino nero a palloncino, senza spalline, con un tocco di luce dato dal tessuto bianco del colletto.

La tappa successiva era un'enorme stanza da bagno dove il vestito fu coperto con cura da una mantellina di carta bianca che continuava a strapparsi. La condussero a una postazione con un asciugacapelli e qualche cosmetico, che una donna in camice bianco le applicò abbondantemente sul viso. Mentre la donna le asciugava i capelli, Bonnie si tolse di nascosto più trucco possibile con un fazzolettino rubato. Non voleva sembrare carina. Non voleva essere venduta. Alla fine, aveva un ombretto argentato sulle palpebre, un tocco di fard sulle guance e un vellutato rossetto rosa che non era riuscita a pulire.

Dopodiché rimase seduta a pettinarsi i capelli con le dita finché non furono asciutti, cosa che il rudimentale asciugacapelli annunciò con un suono secco.

La tappa successiva somigliava un po' a un grande negozio di scarpe il primo giorno di saldi. Le ragazze più forti o più determinate riuscivano a strappare le scarpe a quelle più deboli, ci infilavano un piede trovandole troppo strette, e ricominciavano subito il processo. Bonnie fu fortunata. Avvistò una piccola scarpa nera con un fiocco argentato che spiccava nel mucchio e la tenne d'occhio mentre passava da una ragazza all'altra, finché qualcuno la fece cadere. Allora Bonnie si fiondò a provarla. Non sapeva cosa avrebbe fatto se non le fosse andata bene. Ma era del numero giusto, e proseguì alla tappa successiva per ricevere l'altra scarpa. Mentre stava seduta ad aspettare, le altre ragazze si provavano i profumi. Bonnie vide due bottiglie intere di profumo sparire nel corpetto di un paio di ragazze, e si chiese se avessero intenzione di venderlo o di berlo per tentare di avvelenarsi. C'erano anche dei fiori. Bonnie era già stordita dai profumi e aveva deciso di non metterne, ma arrivò una spilungona a sbraitare ordini e in un batter d'occhio le posero sulla testa una ghirlanda di fresie per incorniciarle i riccioli, senza che nessuno le avesse chiesto il permesso.

L'ultima tappa fu la più difficile da sopportare. Non aveva indosso gioielli e con quel vestito avrebbe messo volentieri solo un braccialetto. Ma gliene diedero due. Due sottili bracciali di plastica infrangibile con un numero inciso. L'avrebbero identificata con quelli d'ora in avanti, le dissero.

Braccialetti da schiava. L'avevano lavata, impacchettata e timbrata: era pronta per essere venduta.

Damon!, gridò senza voce, ma in lei qualcosa era morto, e ormai era certa che le sue chiamate non avrebbero ricevuto risposta.

«È stata presa come schiava fuggiasca e confiscata», disse spazientito il proprietario del negozio di dolci a Damon. «È tutto quel che so».

Damon ebbe una sensazione che non provava spesso. Era attanagliato dalla paura. Cominciava a credere che quella volta non avesse fatto in tempo; che fosse arrivato troppo tardi per salvare il suo pettirosso. Che si sarebbe avverato uno dei tanti possibili scenari da incubo prima che riuscisse a raggiungerla.

Non riusciva a sopportare di visualizzare i dettagli. Che cosa avrebbe fatto se non l'avesse trovata in tempo?

Allungò la mano e senza il minimo sforzo afferrò per la gola il venditore di dolci, sollevandolo da terra.

«Dobbiamo fare una chiacchierata», disse, convogliando tutta la forza dei suoi minacciosi occhi scuri in quelli sporgenti della preda. «Sul modo in cui è stata confiscata. Non ti agitare. Se non hai fatto del male alla ragazza, non hai niente da temere. Altrimenti…».

Spinse l'uomo terrorizzato dall'altra parte del bancone e disse con voce molto bassa: «Se le hai fatto del male, puoi agitarti finché vuoi. Non farà alcuna differenza alla fine… capisci che intendo?».

Le ragazze furono sistemate sulle carrozze più grandi che Bonnie avesse mai visto nella Dimensione Oscura, tre per ogni sedile. Ogni vettura aveva due file di sedili. Subì un brutto colpo, comunque, quando la carrozza, invece di partire trainata da cavalli, fu sollevata da schiavi sudati che la sostenevano dai pali laterali. Era una gigantesca lettiga e Bonnie si strappò immediatamente la ghirlanda di fresie dai capelli e ci affondò il naso. Sarebbe servita anche a nascondere le lacrime.

«Hai una lontana idea di quanti siano gli appartamenti, le sale da ballo, i saloni e i teatri in cui saranno vendute delle ragazze stanotte?». Il Guardiano dai capelli dorati gli rivolse uno sguardo sardonico.

«Se lo sapessi», disse Damon con un sorriso freddo e minaccioso, «non sarei qui a chiedertelo».

Il Guardiano fece spallucce. «Noi abbiamo solo il compito di cercare di mantenere la pace in questo luogo. E come puoi vedere, ci riusciamo piuttosto bene. Il problema è che siamo troppo pochi; siamo terribilmente a corto di personale. Ma posso darti una lista dei luoghi in cui si vendono ragazze. Tuttavia, come ho già detto, dubito che riuscirai a trovare la tua fuggitiva prima di domattina. E in ogni caso, ti terremo d'occhio, a causa della tua piccola richiesta. Se la tua fuggitiva non era una schiava, dovrebbe essere proprietà imperiale. Non esistono umani liberi qui. Se lo era, e tu l'hai liberata, come ha riferito il fornaio dall'altra parte della strada...»

«Venditore di dolci».

«Non importa. Lui aveva il diritto di usare la pistola stordente quando la ragazza ha cercato di scappare. Per lei sarà sempre meglio che diventare proprietà imperiale, dico sul serio. Tendono a bruciacchiarsi, non so se mi spiego. Quel livello è parecchio in basso».

«Ma se fosse una schiava, la *mia* schiava...»

«Allora puoi riaverla. Ma dovrà subire una serie di punizioni alle quali non è possibile sottrarsi prima che ti venga restituita. È nostra intenzione scoraggiare questo genere di cose».

Damon la guardò con occhi che la fecero indietreggiare e distogliere lo sguardo. Di colpo aveva perso la sua autorità. «Perché?», chiese Damon. «Mi è sembrato di capire che sostieni di far parte dell'altra Corte. Quella Celestiale. O mi sbaglio?»

«Cerchiamo di scoraggiare le fuggiasche perché ce ne sono state troppe da quando è arrivata da queste parti una certa ragazza di nome Alianna», disse il Guardiano. Il pulsare delle tempie rivelava la sua paura. «E poi vengono catturate, e hanno un motivo in più per provarci di nuovo... questo le sfinisce, alla fine».

Non c'era nessuno nel Gran Salone quando Bonnie e le altre furono spinte fuori dalla gigantesca lettiga e trascinate nell'edificio.

«È un locale nuovo, per questo non è sulla lista», disse Mouse, che sembrava essersi materializzata all'improvviso alle sue spalle.

«Non lo conoscono in molti, quindi non si riempirà fino a tardi, quando alzeranno il volume della musica».

Mouse si strinse a lei, forse per cercare conforto. Le andava bene, ma aveva bisogno anche lei di un po' di conforto. Subito dopo vide Eren e, trascinandosi dietro Mouse, si diresse verso la ragazza bionda.

Eran stava con la schiena appoggiata al muro. «Bene, possiamo rimanere qui a fare da tappezzeria», disse appena entrarono un paio di uomini, «oppure possiamo avere l'aria di chi si sta divertendo un mondo nonostante questo posto e nonostante loro. Chi conosce una storia?»

«Oh, io ne conosco una», disse Bonnie distrattamente, pensando alla sfera stellata con le *Cinquecento Storie per Ragazzi.*

Seguì subito un coro di richieste. «Raccontala!». «Sì, per favore, raccontala!».

Bonnie cercò di pensare alle fiabe che conosceva.

Certo. C'era quella sui tesori dei kitsune.

16

«C'erano una volta», esordì Bonnie, «un ragazzo e una ragazza...».

Fu subito interrotta. «Come si chiamavano?» «Erano schiavi?» «Dove vivevano?» «Erano vampiri?».

Bonnie quasi si dimenticò della propria triste condizione e rise. «Si chiamavano... Jack e... Jill. Erano kitsune e vivevano molto a nord, nel settore kitsune vicino ai Grandi Crocicchi...». E proseguì il racconto, nonostante le numerose interruzioni, così come l'aveva appreso dalla sfera stellata.

«E così», concluse nervosamente Bonnie, quando aprì gli occhi e si accorse di aver attirato una piccola folla con il suo racconto, «questa è la storia dei Sette Tesori e... e credo che la morale sia: non essere troppo avido, o alla fine non ti resterà niente».

Si levò un coro di risate, dalle risatine nervose delle ragazze a quelle profonde e gutturali della folla alle loro spalle. Che era composta solo di uomini, notò Bonnie.

Inconsciamente, ebbe l'impulso di flirtare con loro. Ma lo soffocò subito. Quelli non erano ragazzi che volevano invitarla a ballare; erano orchi, vampiri e kitsune. C'era pure qualche uomo con i baffi. E volevano comprarla, con il suo vestito nero a palloncino, che, per quanto fosse carino, non era paragonabile ai lunghi abiti da sera tempestati di gemme che Lady Ulma aveva confezionato per loro. Allora erano principesse e al collo, ai polsi e fra i capelli indossavano gioielli che valevano una fortuna. Inoltre godevano di una ferma e costante protezione.

Ora invece indossava un vestitino che somigliava a un baby-doll e scarpine delicate con fiocchi argentati. Ed era del tutto indifesa, perché in quella società una donna doveva avere la protezione di un uomo e, ancora peggio… era una schiava.

«Mi chiedo», disse un uomo dai capelli dorati, avanzando fra le ragazze intorno a lei, che si fecero da parte alla svelta, tranne Mouse ed Eren. «Mi chiedo se verresti di sopra con me a raccontarmi una storia. In privato».

Bonnie deglutì per soffocare il groppo che le stava salendo in gola. Ora era lei che si stringeva a Mouse ed Eren.

«Tutte le richieste devono essere vagliate da me. Nessuno può portare via le ragazze da questa stanza senza la mia approvazione», disse una donna con un abito lungo e il volto compassionevole, che ricordava un po' quello della Madonna. «Sarebbe considerato un furto ai danni della mia padrona. E sono sicura che qui nessuno vuole essere arrestato come un comune ladro di argenteria», disse con una risatina.

Fecero eco diverse risatine fra gli ospiti, che tentarono qualche gesto galante con le donne, in una sorta di gara di cortesia.

«Racconti delle storie molto belle», disse Mouse con la sua voce sommessa. «È più divertente che usare una sfera stellata».

«Mouse ha ragione», disse Eren con un largo sorriso. «Racconti davvero delle belle storie. Mi chiedo se esista davvero quel posto».

«Be', in realtà l'ho presa da una sfera stellata», ammise Bonnie. «Credo che sia stata quella ragazza, uhm… Jill a metterci dentro i suoi ricordi. Ma allora com'è uscita dalla torre? Come faceva a sapere quello che era successo a Jack? E ho letto anche una storia su un drago enorme che sembrava vera. Come fanno?»

«Oh, è tutto un trucco», disse Eren, facendo un gesto sprezzante con la mano. «Avranno mandato qualcuno in una zona innevata per le scenografie. Probabilmente un orco, perché non soffrono il freddo».

Bonnie annuì. Aveva già incontrato un orco dalla pelle color malva. Erano diversi dai demoni solo per il loro livello di stupidità. In quella dimensione erano considerati dei sempliciotti, incapaci di comportarsi come si deve in società, e Damon una volta aveva detto, con un sorriso divertito, che coloro che erano fuori dalla buona società potevano fare solo i gorilla. Erano teppaglia.

«E il resto è tutta simulazione, ma non so come facciano. Non ci ho mai pensato sul serio». Eren alzò lo sguardo su Bonnie. «Sei un po' strana, eh, Bonny?»

«Trovi?», chiese Bonnie. Lei e le altre due ragazze si girarono, continuando a tenersi per mano. Significava che c'era ancora spazio dietro di lei. Non le piaceva. In realtà non le piaceva niente della condizione di schiava. Cominciava ad andare in iperventilazione. Voleva Meredith. Voleva Elena. Voleva *uscire da lì.*

«Uhm, credo che non vorrete più farvi vedere con me», disse inquieta.

«Eh?», fece Eren.

«Perché?», chiese Mouse.

«Perché sto per scappare da quella porta. Devo uscire. Non ce la faccio più».

«Piccola, calmati», disse Eren. «Continua a respirare e passerà tutto».

«No, non capite». Bonnie abbassò la testa, per non vedere ciò che la circondava. «Io non posso appartenere a qualcuno. Sto impazzendo».

«Ssh, Bonnie, stanno...»

«Non posso stare qui», sbottò Bonnie.

«Be', tanto di guadagnato!», disse una voce spaventosa, proprio davanti a lei.

"No! Oddio. No, no, no, no, no, no!".

«Quando intraprendiamo una nuova attività, lavoriamo duro», disse la donna che somigliava alla Madonna. «Cerchiamo i potenziali clienti. Se ci comportiamo male, veniamo punite». E anche se la sua voce era dolce come una torta di meringa, Bonnie sapeva che si trattava della stessa donna che di notte urlava loro di trovarsi un pagliericcio e mettersi a letto.

Bonnie si ritrovò una mano robusta sotto il mento, e non riuscì a evitare di alzare la testa e coprirsi la bocca quando si mise a urlare.

Davanti a lei, con le delicate orecchie da volpe e la lunga e folta coda nera, con le sembianze umane e l'aria di un normale ragazzo in jeans e maglietta, c'era Shinichi. E nei suoi occhi dorati vide una fiammella scarlatta, che turbinava e guizzava, dello stesso colore della punta della sua coda e della frangia sulla fronte.

Shinichi. Era lì. Naturalmente poteva viaggiare fra le dimensioni; aveva ancora una sfera stellata piena che nessuno del loro gruppo aveva ancora trovato, oltre a certe chiavi magiche di cui le aveva parlato Elena. Bonnie ricordava la terribile notte in cui gli alberi, veri alberi, si erano trasformati in qualcosa che poteva capire le parole di Shinichi e obbedirgli. Ricordava come quattro di quelle creature l'avevano afferrata per le braccia e le gambe e avevano tirato, come se volessero farla a pezzi. Sentì le lacrime trapelare dalle palpebre abbassate.

E l'Old Wood. Era completamente sotto il suo controllo: poteva intrappolarti con una pianta rampicante o far cadere un albero davanti alla tua macchina.

Prima che Elena incenerisse tutto, tranne un piccolo folto d'alberi, l'Old Wood brulicava di bestioline simili a insetti che Stefan chiamava *malach*.

Qualcuno le mise le mani dietro la schiena, e poi Bonnie sentì qualcosa che si chiudeva intorno ai polsi con un sonoro *click*.

No... Oh, ti prego, no...

Ma le sue mani erano bloccate. E poi qualcuno – un orco o un vampiro – se la caricò sulle spalle mentre l'amabile donna prendeva una piccola chiave da un anello pieno di chiavi identiche e la consegnava a Shinichi. Il kitsune la diede a un grosso orco dalle mani così grandi che la chiave vi scomparve dentro. Infine Bonnie, che urlava e si agitava, fu portata su per quattro rampe di scale in tutta fretta. Udì uno sferragliare metallico e una pesante porta si chiuse dietro di lei. L'orco che la portava in spalla seguì Shinichi, la cui liscia coda dalla punta scarlatta oscillava allegramente avanti e indietro, avanti e indietro. Bonnie pensò: è soddisfatto. Pensa di avere già vinto.

Ma Damon, a meno che non si fosse davvero dimenticato completamente di lei, avrebbe dato a Shinichi il benservito per questo. Forse l'avrebbe ucciso. Era un pensiero stranamente confortante. Era persino ro...

"No, non è romantico, stupida! Devi trovare il modo di uscire da questo casino! La morte non è romantica, è orribile!"

Avevano raggiunto l'ultima porta alla fine dell'androne. Shinichi girò a destra e percorse fino alla fine un lungo corridoio. L'orco usò la chiave per aprire una porta.

Sul soffitto della stanza c'era una lampada a gas regolabile. La luce era bassa, ma Shinichi disse, con il suo tono di finta cortesia: «Possiamo avere un po' di luce, per favore?», e l'orco corse ad alzarla al livello di una lampada da interrogatorio.

La camera era una combinazione di zona notte e studiolo, di quelle che si possono trovare negli alberghi decenti. Al piano sopraelevato c'erano un divano e delle sedie. Sulla parete sinistra c'era una finestra. Chiusa. Ce n'era anche una sulla parete destra, che confinava con le altre stanze. Era priva di tende e imposte. Bonnie osservò il riflesso del proprio pallido viso. Capì subito di cosa si trattava: un falso specchio. Qualcuno dall'altra parte della parete poteva guardare in quella stanza senza essere visto. Il divano e le sedie, infatti, erano rivolti verso quella parete.

Dietro il salottino, alla sua sinistra, c'era il letto. Non era niente di speciale. C'era solo un copriletto bianco che sembrava rosa perché su quel lato della stanza c'era una vera finestra, quasi allineata con il sole, fermo come sempre all'orizzonte. In quel momento Bonnie lo odiò più che mai, perché rendeva ogni oggetto della stanza rosa, malva o rosso puro. Il nastro del suo corpetto era diventato rosa scuro. Sarebbe morta immersa nel colore del sangue.

A livello inconscio qualcosa le disse che la sua mente si stava soffermando su quei dettagli per distrarsi, che persino pensare a quanto detestasse l'idea di morire immersa in quel colore infantile serviva a evitare il letale e infausto nocciolo della questione. L'orco la spostava come se non pesasse niente, e Bonnie continuò a pensare certe cosette... Erano delle premonizioni? Oh, Dio, sperava di no! Immaginava di volare fuori dalla finestra: il vetro non sarebbe stato di nessun impedimento al suo corpo lanciato con una forza tremenda. A che piano erano? Abbastanza in alto, comunque, perché non ci fosse speranza di atterrare... be', senza restarci secchi.

Shinichi sorrise, si appoggiò al muro accanto alla finestra e prese a giocare con la cordicella delle veneziane.

«Non so nemmeno cosa vuoi da me!», disse Bonnie senza pensare. «Io non ti ho mai fatto del male, non ne sarei capace. Sei tu che continui a fare del male alla gente – e a me!»

«Be', ci hanno pensato i tuoi amici», mormorò Shinichi. «Anche se raramente sfogo la mia terribile vendetta contro adorabili giovani donne dai capelli rosso oro». Si appoggiò accanto alla finestra e la esaminò, mormorando. «Se rosso oro è la chioma, il cuore è fiero e perdona. Non sarà una brontolona...?».

Bonnie aveva voglia di urlare. Non si ricordava di lei? Di certo sembrava ricordarsi del suo gruppo, giacché aveva parlato di vendetta. «Che cosa vuoi?», ansimò.

«Mi sei d'intralcio, purtroppo. E ti trovo molto sospettosa... E deliziosa. Le giovani donne con i capelli rosso oro sono sempre inafferrabili».

Bonnie non sapeva cosa dire. Per esperienza sapeva che Shinichi era un lunatico. Ma un lunatico psicopatico e molto pericoloso. E ciò che amava di più era distruggere.

Avrebbe potuto rompere la finestra in un batter d'occhio... E si sarebbe ritrovata sospesa nel vuoto. E poi sarebbe cominciata la caduta. Cosa si provava? Sarebbe precipitata subito? Sperava solo che, una volta a terra, finisse in fretta.

«Sembra che tu abbia appreso molte cose sulla mia gente», disse Shinichi. «Più di quanto ne sappiano tanti altri».

«Per favore», disse Bonnie disperata. «Se riguarda quella storia... Tutto quel che so dei kitsune è che state distruggendo la mia città. E...». Si zittì di colpo, pensando che non avrebbe mai dovuto rivelargli nulla a proposito della sua esperienza extracorporea. Non avrebbe dovuto mai menzionare le urne o lasciarsi sfuggire che sapevano come catturarlo. «E che non ti fermerai», concluse in modo poco convincente.

«Eppure hai trovato un'antica sfera stellata con delle storie sul nostro tesoro leggendario».

«Su cosa? Parli di quella sfera stellata per bambini? Senti, se mi lasci andare te la consegnerò». Sapeva bene dove l'aveva lasciata: proprio accanto alla brutta copia di un cuscino.

«Oh, ti lasceremo andare… alla fine, te l'assicuro», disse Shinichi con un sorriso inquietante. Somigliava a quello di Damon, che non significava: "Ciao, non voglio farti del male" ma piuttosto: "Ciao! Ecco il mio pranzo!".

«Mi sembra… strano», continuò Shinichi, giocherellando ancora con la corda. «Davvero strano che proprio nel mezzo della nostra piccola controversia, tu torni qui nella Dimensione Oscura, da sola, in apparenza senza paura, e che riesca a ottenere una sfera stellata. Un globo che guarda caso contiene le indicazioni per arrivare al più inestimabile dei tesori che ci sono stati rubati… tanto, tanto tempo fa».

"Ti importa solo di te stesso", pensò Bonnie. "E tutt'a un tratto ti preoccupi della tua gente e fai il patriottico, ma a Fell's Church non fingevi, ti premeva solo far del male alle persone".

«Nel tuo paesino, come in tutti gli altri paesini della storia, io ho fatto ciò che mi era stato ordinato di fare», disse Shinichi, con un tono che fece precipitare l'umore di Bonnie fin sotto i suoi piedi. Leggeva la mente. Sapeva cosa stava pensando. Aveva sentito le sue riflessioni sulle urne.

Shinichi fece un sorriso compiaciuto. «Paesini come quello sulla Unmei no Shima dovevano essere spazzati via dalla faccia della Terra», disse. «Hai visto quante linee energetiche di Potere c'erano lì?». Un altro sorrisetto compiaciuto. «Ma naturalmente non eri davvero lì, quindi è probabile che tu non le abbia viste».

«Se puoi leggermi nel pensiero, allora sai che la storia dei sette tesori era solo una fiaba», disse Bonnie. «Era nella sfera stellata dal titolo *Cinquecento Storie per Ragazzi*. Non è una storia *vera*».

«Che strano allora che descriva esattamente quello che si suppone sia nascosto dietro i Sette Cancelli Kitsune».

«Era in mezzo a un mucchio di storie sui… Düz-Aht-Bhi'iens. Insomma, la storia precedente parlava di una bambina che compra le caramelle», disse Bonnie. «Quindi perché non vai a prenderti la sfera stellata invece di cercare di spaventarmi?». Cominciava a tremarle la voce. «È in una pensione proprio di fronte al negozio in cui sono stata… arrestata. Vai a prenderla e basta!».

«È ovvio che ci ho già provato», disse con impazienza Shinichi. «L'affittacamere è stata piuttosto collaborativa dopo aver ricevuto un lauto… compenso. Non ci sono storie del genere in quella sfera stellata».

«Non è possibile!», esclamò Bonnie. «Allora da dove l'ho presa?»

«È quello che ti sto chiedendo».

Con lo stomaco in subbuglio per la tensione, Bonnie disse: «Quante sfere stellate hai controllato in quella stanza marrone?».

Lo sguardo di Shinichi diventò vacuo per qualche secondo. Bonnie cercò di leggergli la mente, ma lui stava di sicuro parlando telepaticamente con qualcuno nelle vicinanze, su un canale a banda stretta.

Alla fine disse: «Ventotto sfere stellate, per la precisione».

Bonnie si sentì come se l'avessero colpita con un bastone. Non stava diventando pazza… Lei aveva vissuto quella storia. Conosceva ogni crepa nelle rocce, ogni ombra nella neve. L'unica spiegazione possibile era che la vera sfera stellata fosse stata rubata, oppure… Forse non avevano controllato abbastanza bene quelle che avevano.

«La fiaba è lì», insisté. «Appena prima c'era la storia della piccola Marit che va a…»

«Abbiamo letto con cura il sommario. C'è la storia di una bambina e», fece una smorfia sprezzante, «di un negozio di dolci. Ma non l'altra».

Bonnie si limitò a scuotere la testa. «*Giuro* che sto dicendo la verità».

«Perché dovrei crederti?»

«Perché ha importanza? Come potrei fare qualcosa del genere? E perché dovrei raccontarti una bugia sapendo che mi metterebbe nei guai? Non ha alcun senso».

Shinichi la fissò intensamente. Poi scrollò le spalle e abbassò le orecchie volpine. «È un vero peccato che tu non voglia collaborare».

D'un tratto Bonnie si sentì il cuore in gola. «Perché?»

«Perché», disse con freddezza Shinichi, aprendo completamente le tende, così da immergerla di colpo nel colore del sangue fresco, «temo che adesso dovremo ucciderti».

L'orco la portò subito alla finestra. Bonnie urlò. Sapeva che in posti come quello, le grida rimanevano inascoltate.

Ma non sapeva che altro fare.

17

Meredith e Matt erano seduti al tavolo della cucina, che sembrava tristemente vuoto senza Bonnie. Era incredibile quanto spazio occupasse il suo corpo minuto, e quanto sembrassero tutti più seri senza di lei. Meredith sapeva che se Elena avesse fatto del suo meglio, avrebbe potuto fronteggiare la situazione. Ma sapeva anche che Elena aveva una sola cosa in mente, ed era Stefan, tormentato dal senso di colpa per aver permesso a suo fratello di rapire Bonnie. E intanto anche lei e Matt si sentivano in colpa perché avrebbero dovuto lasciare gli altri, anche se solo per una sera. Erano stati entrambi richiamati a casa dai genitori, che avevano chiesto di vederli per cena.

La signora Flowers cercò di tirarli un po' su di morale.

«Grazie al vostro aiuto posso creare le urne», disse. «Giacché Matt ha trovato il mio tornio...».

«Non l'ho proprio trovato», disse Matt sottovoce. «Era sempre stato nel ripostiglio e mi è caduto addosso».

«...e dato che Meredith ha ricevuto le fotografie... insieme a un'email del signor Saltzman, suppongo... forse può farle ingrandire o altro».

«Certo, e posso anche mostrarle alle signore Saitou, per assicurarmi che i simboli abbiano il significato che speriamo», promise Meredith. «E Bonnie può...»

S'interruppe di colpo. "Idiota! Sono un'idiota", pensò. Come cacciatrice, si supponeva dovesse essere lucida e mantenere sempre la calma. Si sentì malissimo quando guardò Matt e vide sul suo volto pura sofferenza.

«Sono sicura che la cara Bonnie tornerà presto a casa», concluse la signora Flowers al posto suo.

"Sappiamo tutti che sta mentendo, e non ho bisogno di poteri psichici per accorgermene", pensò Meredith. Notò che la signora Flowers non aveva dato peso all'affermazione con l'opinione di *Mama*.

«Noi qui ce la caveremo», disse Elena, cogliendo la palla al balzo, poiché si era accorta che la signora Flowers le stava inviando richieste d'aiuto con il suo sguardo garbato. «Ci credete dei bambini piccoli che hanno bisogno di qualcuno che li tenga d'occhio», disse, sorridendo a Matt e a Meredith. «Ma anche voi siete solo dei bambini! Andate, su! Ma fate attenzione!».

Si alzarono e Meredith rivolse a Elena un ultimo sguardo prima di uscire. Lei rispose con un lieve cenno del capo, poi s'irrigidì di nuovo, fingendo di tenere una baionetta. Era il cambio della guardia.

Elena permise a Stefan di aiutarla a lavare i piatti. Ormai gli lasciavano sbrigare piccole faccende domestiche perché aveva un aspetto molto più florido. Trascorsero la mattinata a cercare di contattare Bonnie in vari modi. Poi la signora Flowers chiese a Elena se poteva finire di barricare le finestre del seminterrato, poiché per Stefan sarebbe stato un lavoro troppo pesante. Matt e Meredith si erano già occupati di faccende molto più pericolose. Avevano fissato due teloni impermeabili alle travi del tetto, coprendolo su entrambi i lati. Sui teli spiccavano, enormi e dipinti con l'inchiostro nero, i caratteri che la madre di Isobel aveva scritto sui post-it gialli che forniva sempre loro come amuleti. A Stefan avevano permesso solo di guardare e dare suggerimenti dal terrazzino sopra la sua cameretta nell'attico, ma ora...

«Inchioderemo le assi insieme», disse lui con fermezza e andò a prendere chiodi e martello.

Comunque, non era davvero un lavoro pesante. Elena teneva

le tavole di legno e Stefan adoperava il martello. Confidava che lui non le avrebbe colpito le dita, quindi procedevano molto velocemente.

Era una giornata perfetta: limpida, soleggiata, con una leggera brezza. Elena si chiese cosa stesse succedendo a Bonnie in quel momento, e se Damon si stesse prendendo cura di lei in modo adeguato... o se l'avesse abbandonata a se stessa. Negli ultimi giorni non riusciva a liberarsi delle preoccupazioni per Stefan e Bonnie. Inoltre aveva la strana sensazione di dover controllare quello che stava accadendo in città. Forse con un travestimento avrebbe potuto...

Dio, no!, disse telepaticamente Stefan. Elena si voltò e vide che aveva sputato i chiodi e aveva un'espressione atterrita e schiva al tempo stesso. A quanto pareva, lei aveva proiettato i suoi pensieri.

«Scusa», disse prima che anche lei si liberasse dei chiodi che aveva fra le labbra. «Ma sai meglio di chiunque altro che non puoi andare».

«Ma è *esasperante* essere all'oscuro di ciò che sta succedendo», disse Elena dopo aver sputato i chiodi. «Non sappiamo nulla. Di quello che sta passando Bonnie, dello stato in cui si trova la città...»

«Finiamo di sprangare questa finestra», disse Stefan. «E poi permettimi di prenderti in braccio».

Quando ebbero assicurato l'ultima tavola, Stefan la sollevò dal basso terrapieno su cui era seduta, non come una sposa ma come una bimba, e le fece poggiare le punte dei piedi sui propri. Danzò un po' con lei, la fece volteggiare nell'aria un paio di volte e la riprese al volo mentre cadeva.

«So qual è il tuo problema», disse con calma.

Elena alzò lo sguardo di scatto. «Davvero?», disse allarmata.

Stefan annuì e, facendola preoccupare ancora di più, disse: «È il mal d'amore. Significa che il paziente tiene a moltissime persone e non può essere felice se tutti coloro che ama non sono a loro volta felici e al sicuro».

Elena scivolò giù dalle sue scarpe e lo guardò. «Ad alcuni tengo di più», disse esitante.

Stefan abbassò lo sguardo su di lei e poi la strinse fra le braccia. «Non sono buono quanto te», disse, mentre il cuore di Elena batteva forte per la vergogna e il rimorso per tutte le volte che aveva accarezzato Damon, per tutte le volte che aveva danzato con lui e l'aveva baciato. «Da quando sono uscito da quella prigione, voglio solo che tu sia felice. Posso vivere o morire... in pace».

«Che *noi* siamo felici», lo corresse Elena.

«Non voglio sfidare gli dèi. Mi accontenterò della tua felicità».

«No, non puoi! Non capisci? Se scompari di nuovo, sarò in ansia, non mi darò pace e ti seguirò. Fino all'inferno se necessario».

«Ti porterò con me ovunque andrò», si affrettò a dire Stefan. «Se tu mi porterai con te».

Elena si rilassò un poco. Le bastava, per il momento. Finché Stefan era con lei, poteva sopportare ogni cosa.

Si sedettero e si strinsero l'uno all'altra, proprio lì, sotto il cielo limpido, accanto a un acero e a un viluppo di sottili rami ondeggianti. Elena allargò un po' la sua aura e sentì che toccava quella di Stefan. La pace fluì dentro di lei e tutti i brutti pensieri scomparvero. *Quasi* tutti.

«Ti ho amato fin dal primo istante che ti ho visto. Ma era un tipo di amore sbagliato. Vedi quanto tempo ci ho messo a capirlo?», sussurrò Elena nell'incavo del collo di Stefan.

«Ti ho amata fin dal primo istante che ti ho vista. Ma non sapevo chi fossi davvero. Eri come un fantasma in un sogno. Ma tu mi hai subito chiarito le idee», disse Stefan, evidentemente felice di potersi vantare di lei. «E siamo sopravvissuti. A tutto. Dicono che le relazioni a distanza possono essere complicate», aggiunse, ridendo, e poi tacque per un istante. Elena si accorse che era completamente concentrato su di lei, così smise di respirare perché lui potesse percepire meglio le sue emozioni.

«D'altro canto, ci sono Bonnie e Damon», disse Stefan prima

che lei potesse dire o pensare una parola. «Dobbiamo trovarli al più presto, e sarà dannatamente meglio che siano insieme o, al limite, che sia stata Bonnie a decidere di separarsi».

«Ci sono Bonnie e Damon», ripeté Elena, felice di avere qualcuno con cui condividere persino i propri pensieri più tetri. «Non posso pensare a loro. E non riesco a non pensarci. Dobbiamo trovarli, e in fretta. Ma prego che in questo momento siano con Lady Ulma. Forse Bonnie è impegnata in balli e ricevimenti. Forse Damon sta partecipando a qualche battuta di caccia con i Servizi Segreti Occulti».

«Purché nessuno si faccia male».

«Sì». Elena cercò di accoccolarsi più vicino a Stefan. Voleva... intensificare la loro intimità, in qualche modo. Com'era successo nel corso delle sue esperienze extracorporee, durane le quali si era semplicemente immersa nel suo corpo.

Ma era ovvio che con dei corpi normali non avrebbero potuto...

Certo che potevano, invece. Subito. Con il sangue...

Elena non sapeva proprio chi dei due ci avesse pensato prima. Distolse lo sguardo, sentendosi in imbarazzo solo per aver preso in considerazione l'idea. E sorprese Stefan a fare altrettanto.

«Non penso che ne abbiamo il diritto», mormorò. «Non possiamo essere... così felici quando tutti gli altri stanno male. O stanno cercando di salvare la città o Bonnie».

«No, certo che no», disse con fermezza Stefan, ma prima dovette deglutire, come per soffocare l'imbarazzo.

«No», disse Elena.

«No», ripeté con decisione Stefan, e poi, prima che si spegnesse l'eco di quella parola, la sollevò e le diede un bacio mozzafiato.

E di certo Elena non poteva lasciarglielo fare senza ripagarlo della stessa moneta. Così gli chiese, ansante ma in tono quasi rabbioso, che dicesse di nuovo "no", e appena glielo sentì dire, lo prese e lo baciò.

«Eri felice», lo accusò subito dopo. «Lo sentivo».

Stefan era troppo galante per accusarla a sua volta di essere felice. Disse: «Non ho potuto evitarlo. È successo e basta. Ho sentito l'armonia fra le nostre menti e questo mi ha reso felice. Ma poi mi sono ricordato della povera Bonnie e...»

«Del povero Damon?»

«Be', penso che chiamarlo "povero Damon" sia un'esagerazione, ma sì, mi sono ricordato anche di lui».

«Bravo», disse Elena.

«Faremmo meglio a rientrare», disse Stefan. E poi aggiunse in fretta: «A tornare di sotto, intendevo. Forse possiamo farci venire qualche idea per aiutarli».

«Tipo? A me non viene in mente nulla. Ho provato con la meditazione e ho tentato di mettermi in contatto con un'esperienza extracorporea...»

«Dalle nove e mezza alle dieci e mezza di mattina», disse Stefan. «E nel frattempo io ho provato a chiamarli con la telepatia su tutte le frequenze. Nessuna risposta».

«Poi abbiamo provato con la tavoletta Ouija».

«Per mezz'ora. E ne abbiamo ricavato solo delle frasi senza senso».

«Ci ha detto che stava arrivando l'argilla».

«Temo di essere stato io a spingerla verso il "sì"».

«Poi ho cercato di inserirmi nelle linee energetiche sotto di noi per assorbire Potere...»

«Dalle undici alle undici e mezza circa», salmodiò Stefan. «Mentre io tentavo di andare in ibernazione per avere un sogno profetico...».

«Ce l'abbiamo davvero messa tutta», disse Elena in tono grave.

«E poi abbiamo finito di sprangare le finestre», aggiunse Stefan. «Il che ci porta alle dodici e mezza circa».

«Altre idee? Ormai abbiamo scartato anche i piani G e H. Ti viene in mente qualche altra cosa che possiamo fare per aiutarli?»

«No. Sinceramente, non mi viene in mente altro», disse Stefan.

Poi aggiunse, esitante: «Forse possiamo occuparci delle faccende domestiche per la signora Flowers. Oppure», in tono ancora più esitante, per tastare il terreno, «potremmo andare in città».

«No! Non sei ancora abbastanza in forze!», disse brusca Elena. «E non ci sono altri lavori domestici da fare», aggiunse. Poi gettò tutto al vento. Ogni responsabilità. Ogni pensiero razionale. All'improvviso. Cominciò a trascinare Stefan verso casa per arrivare in fretta.

«Elena...».

"Sto tagliando i ponti!", pensò risoluta Elena e d'un tratto si accorse che non le importava. E se Stefan avesse continuato a preoccuparsi, l'avrebbe *morso*. Era come se fosse stata colpita da un incantesimo, che le imponeva con urgenza di toccarlo. Sarebbe morta se non l'avesse fatto. Voleva toccarlo. Voleva che lui la toccasse. Voleva che lui fosse il suo compagno.

«Elena!». Stefan riusciva a sentire i suoi pensieri. Era combattuto, ovviamente, pensò Elena. Stefan era sempre combattuto. Ma come osava avere dei dubbi su *quello*?

Si voltò per guardarlo in faccia, furiosa. «Non vuoi!»

«Non voglio farlo e poi scoprire di averti Influenzata!»

«Mi stavi Influenzando?», urlò Elena.

Stefan alzò le mani di scatto e gridò: «Come faccio a esserne sicuro se lo desidero così tanto?».

Oh. Be', così andava meglio. Elena scorse un breve luccichio con la coda dell'occhio e si accorse che la signora Flowers aveva discretamente chiuso una finestra.

Scoccò un'occhiata a Stefan. Stava tentando di non arrossire. Lei si chinò, facendo del suo meglio per soffocare una risata. Poi salì di nuovo sulle sue scarpe.

«Forse ci *meritiamo* un'ora d'intimità», azzardò.

«Un'ora intera?». Il suo bisbiglio cospiratorio fece sì che un'ora sembrasse un'eternità.

«Ce la meritiamo davvero», disse Elena, incantata. Aveva ricominciato a trascinarlo.

«No». Stefan la tirò indietro, la prese in braccio come una sposa e cominciò a correre verso l'attico. Fecero tre piani e mezzo volando e atterrarono sul pavimento del terrazzino al di sopra della sua stanza.

«Ma è chiusa a chiave dall'interno...».

Stefan fece un bel salto sulla botola. La porta scomparve.

Elena era impressionata.

Scesero fluttuando nella camera di Stefan, in mezzo a dardi di luce e granelli di polvere che sembravano lucciole o stelle.

«Sono un po' nervosa», disse Elena.

Si scalzò i sandali con le punte dei piedi, si tolse i jeans e la maglietta e scivolò sotto le lenzuola... e scoprì che Stefan era già lì.

Loro sono più veloci, pensò. Per quanto pensi di essere svelta, loro sono sempre un passo avanti.

Si girò nel letto verso Stefan. Indossava una canottiera e la biancheria intima. Era spaventata.

«Non aver paura», disse lui. «Non devo neppure morderti».

«Lo farai. Per tutta quella roba strana riguardo al mio sangue».

«Oh, già», rispose lui, come se se ne fosse dimenticato. Elena avrebbe potuto scommettere che non aveva dimenticato un solo dettaglio sulle proprietà del suo sangue, che permetteva ai vampiri di fare cose che altrimenti non avrebbero potuto fare. La sua energia vitale restituiva loro tutte le abilità umane, e lui non avrebbe potuto dimenticare una cosa del genere.

Loro sono più intelligenti, pensò.

«Stefan, non dovrebbe andare così! Dovrei sfoggiare un negligé dorato disegnato da Lady Ulma, gioielli creati da Lucen e tacchi d'oro. Tutte cose che al momento non possiedo. E dovrebbero esserci petali di rosa sparsi sul letto, piccole bocce di vetro ricolme di boccioli e candele bianche alla vaniglia».

«Elena», disse Stefan, «vieni qui».

Lei si accoccolò fra le sue braccia e inalò il suo odore pulito, caldo e speziato, con qualche traccia di chiodi arrugginiti.

Sei la mia vita, le disse Stefan in silenzio. *Non faremo nulla oggi. Non abbiamo molto tempo, e tu meriti il tuo negligé dorato, le rose e le candele. Se non da Lady Ulma, sarà disegnato dai migliori stilisti terrestri che il denaro possa comprare. Ma... mi daresti almeno un bacio?*

Elena lo baciò volentieri: era così felice che lui volesse aspettare. Il bacio era caldo e consolante, e non fece caso al leggero sapore di ruggine. Era meraviglioso stare con qualcuno disposto a darle tutto ciò di cui aveva bisogno, che fosse una piccola sonda mentale, solo per farla sentire più tranquilla, oppure...

D'un tratto li colpì il bagliore di un fulmine. Sembrava che fosse scaturito nello stesso istante da entrambi, e poi Elena serrò involontariamente i denti sulle labbra di Stefan, succhiandone il sangue.

Stefan la strinse forte fra le braccia e non aspettò nemmeno che lei si tirasse un po' indietro prima di prendere il suo labbro inferiore fra i denti e... morderlo con tutte le forze.

Elena per poco non urlò. Per poco non gli scatenò subito contro le ancora indefinite *Ali della Distruzione*. Furono due cose a fermarla. Uno, Stefan in passato non le aveva mai fatto male. E due, era stata risucchiata in qualcosa di così antico e mistico che in quel momento non riusciva proprio a fermarsi.

Dopo un minuto di manovre, Stefan le aveva procurato due piccole ferite. Il sangue sgorgava a fiotti dalle sue labbra e, a diretto contatto con le ferite meno serie di Stefan, cominciò a scorrere nelle labbra di lui, mescolandosi al suo flusso sanguigno.

E la stessa cosa accadde con il sangue di Stefan; una piccola quantità, ricca di potere, fluì nelle vene di Elena.

Lo scambio non fu perfetto. Una goccia di sangue si gonfiò e si fermò luccicante sulle labbra di Elena. Ma in quel momento non aveva la minima importanza. Un istante dopo la goccia cadde nella bocca di Stefan e lei percepì il potere puro e sconcertante del suo amore per lei.

Elena si concentrò su una sola, piccola sensazione, che riposava al centro della tempesta che avevano evocato. Quel modo di scambiarsi il sangue – ne era certa, per quanto le fosse possibile esserlo – aveva origini antiche: era così che due vampiri condividevano il sangue, l'amore e l'anima. Era stata risucchiata nella mente di Stefan. Sentiva la sua anima, pura e libera, volteggiarle attorno con un migliaio di emozioni diverse, lacrime dal suo passato, gioia per il presente, tutte in piena vista, senza traccia di difese contro di lei.

Sentì la propria anima librarsi in alto per incontrare la sua; anche lei era senza difese e senza paura. Stefan da molto tempo aveva visto in lei un leggero egoismo, la vanità e l'eccesso di ambizione, e l'aveva perdonata. La conosceva fino in fondo e di lei amava tutto, anche le parti peggiori.

E così lei vide ogni aspetto di lui, vide che era tanto tenebroso quanto amorevole, come un luogo di riposo, gentile come una preghiera della sera, mentre l'avvolgeva tra le sue ali nere per proteggerla ...

Stefan, io...

Amore... lo so...

Fu allora che qualcuno bussò alla porta.

18

Dopo colazione Matt si collegò a internet per cercare due negozi, ovviamente non a Fell's Church, che avessero la quantità di argilla richiesta dalla signora Flowers. Risposero che l'avrebbero consegnata al più presto. In seguito, dovette affrontare il problema di come allontanarsi dalla pensione evitando i miseri e solitari resti dell'Old Wood. La strada che avrebbe dovuto percorrere costeggiava il boschetto in cui si recava spesso Shinichi, simile a un demoniaco Pifferaio Magico con il suo codazzo di ragazzini posseduti. Il posto in cui era scomparso lo sceriffo Mossberg, dopo averli seguiti. E dal quale, più tardi, lui e Tyrone, protetti dalle difese magiche dei post-it, avevano tirato fuori un femore spolpato e mangiucchiato.

Matt decise che l'unico modo per superare indenne il boschetto era forzare a tappe il motore del suo sbuffante catorcio. Infatti, sfrecciò accanto al boschetto a quasi cento all'ora. Riuscì anche a prendere bene la curva. Non gli cadde addosso nessun albero né fu investito da sciami di insetti dalle zampe lunghe.

Emise un sospiro di sollievo e si diresse a casa. Tornare nel suo quartiere lo spaventava, ma già solo attraversare le strade di Fell's Church era così orribile che fece tutto il percorso con la lingua incollata al palato. La graziosa e innocente cittadina in cui era cresciuto sembrava uno di quei quartieri bombardati che si vedono in internet o in TV. E, che fosse a causa di bombe o di incendi disastrosi, una casa su quattro era ridotta in macerie. Alcune erano rimaste in piedi solo per metà ed erano transennate con i nastri della polizia, il che significava che, qualunque cosa fosse accaduta, non era successa di recente, altrimenti la polizia non avrebbe osato occuparsene. Intorno ai resti bruciacchiati, la vegetazione era stranamente rigogliosa: in un giardino, un cespuglio decorativo era cresciuto così tanto che aveva invaso metà del prato dei vicini. Da un albero all'altro pendevano i rampicanti, come in una giungla primordiale.

Casa sua era proprio al centro di una lunga schiera di villini familiari pieni di ragazzini. E durante l'estate, quando gli studenti tornavano a Fell's Church per far visita ai nonni, era inevitabile che ci fossero ancora più ragazzi. Matt sperava solo che quella parte delle vacanze estive fosse finita... Ma Shinichi e Misao avrebbero permesso ai bambini di tornare a casa? Matt non ne aveva idea. E se fossero tornati a casa, avrebbero continuato a diffondere il contagio nelle loro città? C'era un confine entro il quale si sarebbe fermato?

Guidando per le strade del suo quartiere, comunque, Matt non vide nulla di terribile. C'erano ragazzini che giocavano nel cortile di casa o sui marciapiedi, alcuni chini sulle biglie, altri appesi ai rami degli alberi. Non c'era nulla che avrebbe potuto definire strano.

Tuttavia era a disagio. Ormai però era arrivato a casa sua, quella con la grande quercia che faceva ombra al portico. Doveva scendere dalla macchina. Procedette a motore spento fin sotto l'albero e parcheggiò accanto al marciapiede. Afferrò la grossa sacca della biancheria dal sedile posteriore. Nelle due settimane passate alla pensione aveva accumulato un bel po' di vestiti sporchi e non gli era parso giusto chiedere alla signora Flowers di lavarli.

Appena sceso dalla macchina, trascinandosi dietro la sacca, notò che gli uccelli avevano smesso di cinguettare.

Per un attimo si chiese cosa ci fosse di strano. Sapeva che mancava qualcosa, come se fosse scomparsa all'improvviso. Rendeva l'aria più pesante. Anche l'odore dell'erba era cambiato.

Poi capì. Tutti gli uccelli, compresi i corvi gracchianti che vivevano sulla quercia, si erano zittiti.

Tutt'a un tratto.

Matt si sentì torcere lo stomaco mentre alzava la testa e si guardava attorno. Sui rami della quercia, accanto alla macchina, c'erano due ragazzini. La sua mente continuava caparbiamente ad aggrapparsi all'idea che fosse normale che ci fossero dei bambini. Stavano solo giocando. Il suo corpo fu più sveglio. La mano era già corsa alla tasca e aveva tirato fuori un blocchetto di post-it: i fragili pezzetti di carta che di solito bloccavano le influenze magiche maligne.

Matt pregò che Meredith si fosse ricordata di chiedere altri amuleti alla madre di Isobel. Stava per finirli e...

...e c'erano due bambini sui rami della vecchia quercia. Solo che non stavano giocando. Lo fissavano. Uno era a testa in giù e l'altro si ingozzava da... un sacchetto della spazzatura.

Il ragazzo appeso al ramo lo guardava con occhi stranamente perspicaci. «Ti sei mai chiesto com'è essere morti?», gli chiese.

All'improvviso l'altro ragazzo alzò la testa dal sacchetto. Aveva grosse macchie scarlatte intorno alla bocca. Rosso acceso...

...*Sangue*. E, qualunque cosa ci fosse nel sacco della spazzatura, si stava muovendo. Scalciava. Con deboli colpi. Cercava di scappare.

Matt fu travolto da un'ondata di nausea. Sentì un sapore acido in gola. Stava per vomitare. Il ragazzo con la bocca scarlatta lo fissava con occhi glaciali e neri come pozzi. Quello che si dondolava al ramo sorrideva.

Poi, come se un caldo alito di vento l'avesse risvegliato, Matt sentì un brivido dietro la nuca. Non erano solo gli uccelli che avevano smesso di cantare. Ogni cosa era muta. Non si levavano più le voci dei bambini e ogni litigio, canzone o discorso era caduto nel silenzio.

Matt si girò di scatto e capì il motivo di quella quiete. Stavano fissando *lui*. Ogni bambino del vicinato l'osservava in silenzio. Poi, con raggelante precisione, appena si voltò a guardare i ragazzi sull'albero, tutti gli altri avanzarono verso di lui.

Solo che non camminavano.

Strisciavano. Come lucertole. Ecco perché gli era parso che alcuni di loro stessero giocando con le biglie sul marciapiede. Si muovevano tutti allo stesso modo: pancia a terra, gomiti in fuori, mani a mo' di zampe anteriori, ginocchia divaricate.

Ora sentiva il sapore della bile. Guardò dall'altra parte della strada e vide un altro gruppo di bambini striscianti. Avevano la bocca distorta in sorrisi innaturali. Sembrava che qualcuno, appollaiato sulle loro spalle, stesse tirando loro gli angoli della bocca. E che tirasse con forza, provocando sorrisi che spaccavano quasi a metà le loro facce.

Matt notò un'altra cosa. Quando li guardava, si fermavano di colpo e restavano tranquilli. Perfettamente immobili, a fissarlo. Ma appena distoglieva lo sguardo, con la coda dell'occhio vedeva le loro sagome che riprendevano a strisciare.

Non aveva abbastanza post-it per tutti loro.

Non puoi scappare, sei in trappola. Sembrava che una voce estranea gli fosse entrata in testa. Telepatia. Ma forse non riusciva a reagire perché i suoi pensieri erano annebbiati da una fluttuante nube rossa.

Per fortuna, il suo corpo reagì, spingendolo a saltare sulla macchina e ad afferrare il ragazzino appeso al ramo. Per un istante ebbe l'irresistibile impulso di lasciar andare il ragazzo. Continuava a fissarlo con i suoi occhi strani e misteriosi, quasi rovesciati all'indietro. Anziché lasciarlo, Matt gli attaccò un post-it sulla fronte, facendogli fare una giravolta perché cadesse seduto sul retro della sua macchina.

Il ragazzo restò un attimo in silenzio, poi cominciò a piangere. Doveva avere almeno quattordici anni, ma dopo essere stato colpito da quell'incantesimo scaccia-demonio (in formato tascabile), aveva preso a singhiozzare come un bambino piccolo.

I ragazzini striscianti emisero un sibilo, all'unisono. Sembrava il fischio di una gigantesca locomotiva a vapore.

Cominciarono a inspirare ed espirare molto in fretta, come se cercassero di raggiungere un nuovo stato fisico e mentale. Non strisciavano più, ma camminavano gattoni. Respiravano così forte che Matt vedeva i toraci gonfiarsi e svuotarsi a un ritmo forsennato.

Si girò a guardare un gruppetto. I ragazzini si fermarono di colpo, anche se continuarono a respirare in quel modo innaturale. Ma quelli alle sue spalle continuarono ad avanzare.

Si sentiva pulsare il cuore nelle orecchie. Poteva affrontarne un po' per volta, ma non con altri gruppi che gli arrivavano alle spalle. Alcuni sembravano avere solo dieci, undici anni. Altri parevano quasi della sua età. C'erano anche delle ragazze, purtroppo. Matt ricordò ciò che avevano fatto le ultime ragazze possedute che aveva incontrato, e provò una violenta repulsione.

Però era sicuro che, se avesse alzato la testa per guardare il ragazzo che continuava a ingozzarsi dal sacchetto, avrebbe vomitato. Lo sentiva schioccare la lingua e rosicchiare... E udiva i flebili suoni gutturali emessi dalla fragile, sofferente creatura che si dibatteva nel sacchetto.

Si girò di nuovo di scatto, per tenere a bada l'altra squadra di ragazzetti striscianti, e poi si sforzò di alzare lo sguardo. Il sacchetto della spazzatura scivolò giù con un lieve crepitio non appena lo afferrò, ma il ragazzo trattenne in mano quello che era all'interno.

Oh, mio Dio. Sta mangiando un bambino! Un bambino piccolo!

Strattonò il ragazzo, tirandolo giù dall'albero, e con la mano gli appiccicò un post-it sulla schiena. E poi, grazie a Dio, vide la pelliccia. Non era un bambino. Era troppo piccolo per essere un bambino, persino un neonato. Ma era tutto mangiucchiato.

Il ragazzo alzò su di lui il volto insanguinato, e Matt vide che era Cole Reece. Cole aveva solo tredici anni e viveva alla porta accanto. Prima non l'aveva nemmeno riconosciuto.

La bocca di Cole era spalancata per l'orrore, i suoi occhi sporgevano dalla testa, colmi di spavento e dolore, e la faccia era rigata di muco e lacrime.

«Mi ha fatto mangiare Toby», cominciò con un bisbiglio che divenne un grido. «Mi ha fatto mangiare il mio porcellino d'india! Mi ha fatto... *Perché perché perché mi ha fatto questo*? Ho mangiato Toby!».

Rigettò tutto sulle scarpe di Matt. Vomito rosso sangue.

Doveva procurare una morte pietosa a quella bestiolina. E alla svelta, pensò Matt. Ma era la cosa più difficile che avesse mai tentato di fare. Come poteva... Forse schiacciando la testa della creatura sotto la scarpa? Non ci riusciva. Doveva tentare con qualcosa di semplice prima.

Staccò un post-it dal blocchetto e lo mise sulla pelliccia, cercando di non guardare. E così fu tutto finito. Il porcellino d'india si afflosciò. L'incantesimo aveva annullato ciò che l'aveva tenuto in vita fino a quel momento, qualunque cosa fosse.

Matt aveva le mani piene di sangue e vomito, ma si sforzò di girarsi verso Cole. Il ragazzino stava con gli occhi ben chiusi ed emetteva brevi singulti soffocati.

Qualcosa scattò dentro Matt e lo spronò ad agire.

«Ne volete un po' anche voi?», urlò, sventolando il blocchetto di post-it come se fosse la rivoltella che aveva lasciato dalla signora Flowers. Si girò di scatto dall'altra parte, gridando: «Ne vuoi un po'? E tu, eh, ne vuoi uno? E tu, Josh?». Aveva iniziato a riconoscere i volti. «Tu, Madison? Ne vuoi uno anche tu, Brin? Coraggio! Fatevi sotto! Su, cora...»

Qualcosa gli toccò la spalla. Girò su se stesso, con un post-it pronto. Si fermò di colpo e un'ondata di sollievo gorgogliò dentro di lui come un bicchiere di acqua Evian in un ristorante di lusso. Stava guardando in faccia la dottoressa Alpert, il medico di Fell's Church. La donna aveva parcheggiato il SUV accanto alla sua macchina, in mezzo alla strada. Dietro di lei, a guardarle le spalle, c'era Tyrone, che sarebbe diventato il nuovo quarterback della Robert E. Lee High School. Sua sorella, che invece avrebbe frequentato il secondo anno, stava cercando di uscire dal SUV, ma si fermò appena Tyrone la vide.

«Jayneela!», ruggì con un vocione che solo i polmoni di Tyrminator potevano emettere. «Torna dentro e metti la sicura! Sai cosa ha detto la mamma! Obbedisci, subito!».

Matt, senza rendersene conto, stava stringendo con forza le mani color cioccolato della dottoressa Alpert. Sapeva che era una brava donna e che prendeva a cuore la gente. Aveva adottato la nipotina quando sua figlia, che aveva divorziato, era morta di cancro. Forse avrebbe aiutato anche lui. Cominciò a balbettare: «Oh, Dio, devo far uscire mia madre. Vive da sola. E io devo portarla via di qui». Sapeva di essere tutto sudato. Sperava di non essere in lacrime.

«D'accordo, Matt», disse la dottoressa con la sua voce rauca. «Sto portando via dalla città la mia famiglia. Andiamo a stare da alcuni parenti in West Virginia. Tua madre può venire con noi».

Non poteva essere così facile. Matt sapeva di avere le lacrime agli occhi ormai. Si rifiutò di battere le palpebre, comunque, e le lasciò scorrere. «Non so cosa dire. Ma se potesse... Lei è una donna adulta, mi spiego? A me non darebbe ascolto. Ma ascolterà *lei*. L'intero quartiere è infetto. Questo ragazzo, Cole...». Non riuscì a continuare. Ma alla dottoressa Alpert bastò un'occhiata per capire tutto: l'animale morto, il ragazzo con la bocca e i denti sporchi di sangue, ancora scosso da conati di vomito.

La dottoressa non reagì. Si limitò a chiedere a Jayneela di lanciarle dal SUV un pacchetto di salviettine umidificate, poi strinse un braccio intorno alla vita del ragazzo ansante e gli strofinò via il sangue dalla faccia. «Va a casa», gli disse in tono severo.

«Devi lasciar perdere quelli già infetti», disse a Matt, con una terribile luce negli occhi. «Per quanto sembri crudele, potrebbero solo trasmettere il male a quei pochi che stanno ancora bene». Matt cominciò a parlarle dell'efficacia degli amuleti post-it, ma lei stava già chiamando suo figlio. «Tyrone, vieni qua con tua sorella e seppellite quella povera bestia. Poi preparati a caricare nel bagagliaio le cose della signora Honeycutt. Jayneela, fa' quel che dice tuo fratello. Io vado a fare una chiacchierata con la signora Honeycutt».

Non alzò molto la voce. Non ne aveva bisogno. Tyrminator obbedì, affrettandosi ad aiutare Matt, che stava osservando l'ultimo dei bambini striscianti che si erano sparpagliati al suo scoppio d'ira.

“È veloce”, pensò Matt. “Più veloce di me. È come un gioco. Finché li guardi, non possono muoversi”.

Fecero a turno a tenere d’occhio i bambini e a scavare con la pala. Il terreno lì era duro come la roccia e appesantito dall’erba. Ma riuscirono a scavare una fossa e il lavoro fisico contribuì a calmarli. Seppellirono Toby, e Matt camminò attorno alla fossa strisciando i piedi come uno stregone, cercando di togliersi il vomito dalle scarpe con l’erba.

D’un tratto si udì il rumore di una porta aperta di scatto e Matt corse incontro a sua madre, che stava cercando di sollevare un’enorme valigia, troppo pesante per lei, per farla passare dalla porta.

Matt prese la valigia e si sentì stritolare dalle braccia di sua madre, che si era alzata in punta di piedi per abbracciarlo. «Matt, non posso lasciarti qui...».

«Suo figlio, assieme ai suoi amici, salverà la città da questo disastro», disse la dottoressa Alpert, interrompendola. «Sistemerà tutto. Ora noi dobbiamo andarcene da qui, per farlo stare più tranquillo. Matt, solo per tua informazione, ho saputo che anche i McCullough stanno per lasciare la città. Pare che il signore e la signora Sulez non abbiano ancora intenzione di andarsene, e nemmeno i Gilbert-Maxwell». Pronunciò le ultime parole con una certa enfasi.

I Gilbert-Maxwell erano la zia Judith, suo marito Robert Maxwell e la sorellina di Elena, Margaret. Non c’era motivo di menzionarli. Ma Matt sapeva perché la dottoressa avesse nominato anche loro. Lei *ricordava* di aver visto Elena quando erano cominciati tutti quei disordini. Anche se Elena aveva purificato i boschi e, con essi, la memoria dei presenti, la dottoressa Alpert ricordava.

«Lo dirò... a Meredith», disse Matt e, guardandola negli occhi, fece un lieve cenno del capo, come per dire che l’avrebbe riferito anche a Elena.

«C’è altro da caricare in macchina?», chiese Tyrone. Era impacciato da una gabbia per uccelli, con dentro un canarino che sbatteva freneticamente le ali, e da una valigia più piccola.

«No, ma come posso ringraziarvi?», chiese la signora Honeycutt.

«I ringraziamenti dopo. Ora, tutti in macchina», disse la dottoressa Alpert. «Si parte».

Matt abbracciò sua madre e l'aiutò a salire sul SUV, che aveva già inghiottito la gabbietta con il canarino e la valigetta.

Tutti gridavano: «Addio! Addio!». Tyrone spinse il suo testone fuori dal finestrino per dire: «Chiamami a qualsiasi ora! Voglio darti una mano!».

E un attimo dopo se n'erano andati.

Matt non riusciva a credere che fosse finita; era successo così in fretta. Corse dentro casa e prese un altro paio di scarpe da ginnastica, nel caso la signora Flowers non fosse riuscita a eliminare la puzza da quelle che aveva indosso.

Quando si precipitò di nuovo fuori, dovette fermarsi e sbattere le palpebre. Al posto del SUV c'era un'altra macchina bianca, di un diverso modello, parcheggiata accanto alla sua. Gettò uno sguardo sulla strada e sulle case dei vicini. Nessun bambino. Era tutto deserto.

E gli uccelli avevano ricominciato a cinguettare.

C'erano due uomini nell'auto. Uno bianco, l'altro nero, e dall'età davano l'idea di essere dei genitori preoccupati. In ogni caso, la loro macchina parcheggiata gli ostruiva il passaggio, quindi non aveva altra scelta che andar loro incontro. Appena fece un passo, uscirono entrambi dall'auto e lo guardarono come se fosse pericoloso quanto un kitsune.

In quel momento Matt capì di aver commesso un errore.

«Sei Matthew Jeffrey Honeycutt?».

Matt fu costretto ad annuire.

«Di' "sì" o "no", per favore».

«Sì». Matt ora riusciva a vedere l'interno della macchina. Era un'auto civetta, di quelle con il dispositivo lampeggiante all'interno, pronto a essere installato fuori se il poliziotto avesse voluto renderti partecipe del segreto.

«Matthew Jeffrey Honeycutt, sei in arresto per aggressione e stupro ai danni di Caroline Beula Forbes. Hai il diritto di rimanere in silenzio. Se rinunci a questo diritto, qualunque cosa dirai potrà essere usata contro di te in tribunale...»

«Non vedete quei ragazzini?», cominciò a urlare Matt. «Dovete averne visti almeno un paio! Non significa *niente* per voi?»

«Chinati e appoggia le mani sul cofano della macchina».

«Stanno per distruggere tutta la città! E voi li state *aiutando*!».

«Hai capito quali sono i tuoi diritti?»

«E voi avete capito cosa sta succedendo a Fell's Church?».

Stavolta gli agenti rimasero un attimo in silenzio. E poi, con un tono perfettamente neutro, uno dei due disse: «Noi veniamo da Ridgemont».

19

In pochi secondi preziosi, che sembrarono estendersi per delle ore, Bonnie capì che non avrebbe potuto evitare in nessun modo ciò che stava per succedere. Ormai era una questione d'orgoglio. Sapeva che alcuni l'avrebbero derisa per questo, ma era vero. Nonostante i nuovi Poteri di Elena, era Bonnie quella più avvezza ad affrontare le tenebre assolute. Dopo tutto ciò che aveva passato, era ancora viva. E molto presto non lo sarebbe più stata. Il modo in cui avrebbe affrontato l'inevitabile era l'unica cosa che ancora dipendeva da lei.

Si lasciò andare a un glissando di urla e poi si fermò di colpo. Bene, ecco cosa poteva fare per il momento. Smettere di urlare. La scelta era fatta. Ecco come se ne sarebbe andata: con coraggio, integrità… e in silenzio.

Appena smise di gridare, Shinichi fece un cenno e l'orco che la stava portando verso la finestra si fermò.

Lo sapeva. Era un bullo. Ai bulli piace sentir urlare le proprie vittime, sapere che stanno soffrendo. L'orco la sollevò in modo che la sua faccia fosse all'altezza di quella di Shinichi. «Sei eccitata per il tuo viaggio di sola andata?»

«Sono emozionata», rispose Bonnie in tono inespressivo. "Ehi", pensò, "non sono così male in queste cose da duri". Ma tutto dentro di lei tremava a velocità doppia per compensare quella faccia di bronzo.

Shinichi aprì la finestra. «Ancora emozionata?».

Ora sì che aveva fatto qualcosa: aveva aperto la finestra. Non si sarebbe schiantata contro il vetro, rompendolo con la faccia e volando fra i frammenti taglienti. Non avrebbe provato alcun dolore prima di colpire il suolo, e anche allora nessuno se ne sarebbe accorto. Nemmeno lei.

"Fallo e basta", pensò Bonnie, "facciamola finita". L'aria calda che proveniva dall'esterno le disse che in quel posto – quell'edificio per la compravendita degli schiavi, in cui ai clienti era concesso esaminare minuziosamente le ragazze finché trovavano quella giusta – tenevano l'aria condizionata troppo alta.

"Farà caldo, ma sarà solo per qualche secondo", pensò.

D'un tratto Bonnie sentì sbattere una porta lì vicino e per poco non sgusciò fuori dalle braccia dell'orco. Appena la porta della loro stanza si aprì di scatto, per poco non sgusciò fuori dalla propria pelle.

"Visto?". Provò un brivido di eccitazione. "Sono salva! Ho dovuto solo fare un po' la dura e adesso…".

Ma era la sorella di Shinichi, Misao. Sembrava gravemente malata, aveva la pelle cinerea e si poggiava alla porta per sorreggersi. L'unica cosa di lei che non era ingrigita erano i lucidi capelli neri con le punte scarlatte, identici a quelli di Shinichi.

«Aspetta!», disse al fratello. «Non le hai nemmeno chiesto della…»

«Credi che una testolina vuota come quella lo sappia? Ma farò come vuoi tu». Shinichi fece sedere Misao sul divano e le massaggiò le spalle. «Glielo chiederò».

Quindi era lei quella nella stanza dietro il falso specchio, pensò Bonnie. Era davvero ridotta male. Sembrava una malata terminale.

«Cosa è successo alla sfera stellata di mia sorella?», le chiese Shinichi, e allora Bonnie vide che tutta quella faccenda formava un cerchio, con un inizio e una fine, e che, ora che ne era consapevole, poteva davvero morire con dignità.

«È colpa mia», disse, abbozzando un sorriso mentre ricordava. «Almeno in parte. Sage ha tolto il sigillo la prima volta per aprire un Portale sulla Terra. E poi…». Raccontò loro la storia, come se la sentisse per la prima volta, enfatizzando il proprio ruolo nel dare a Damon gli indizi per trovare la sfera stellata di Misao, e quello di Damon nell'effettivo uso della sfera per accedere al livello superiore della Dimensione Oscura.

«È tutto un cerchio», spiegò. «Si raccoglie ciò che si è seminato». Allora, senza volerlo, cominciò a ridere.

Con due falcate, Shinichi la raggiunse e cominciò a schiaffeggiarla. Non riuscì a tenere il conto degli schiaffi. Il primo fu sufficiente a mozzarle il fiato e a farla smettere di ridere. Alla fine le sue guance erano così gonfie che sembrava avesse gli orecchioni, e le sanguinava il naso.

Cercò di pulirlo strofinandolo su una spalla, ma l'emorragia non si fermava. Alla fine Misao disse: «Puah. Slegale le mani e dalle un fazzoletto o qualcosa per pulirsi».

L'orco obbedì, come se fosse stato Shinichi a dare l'ordine.

Il kitsune si era seduto accanto alla sorella e le parlava con dolcezza, come se si stesse rivolgendo a una bambina piccola o a un animaletto domestico. Ma gli occhi di Misao, con la loro piccola scintilla di fuoco, erano limpidi e adulti quando si fissarono su Bonnie.

«Dov'è ora la mia sfera stellata?», chiese Misao in tono monocorde ma spaventosamente intenso.

Bonnie, che si stava pulendo il naso, assaporando il sollievo di non essere più ammanettata, si chiese perché non stesse nemmeno provando a inventare una bugia. Del tipo: liberatemi e vi porterò alla sfera. Poi si ricordò di Shinichi e della sua dannata telepatia da kitsune.

«Come posso saperlo?», fece notare logicamente. «Stavo cercando di allontanare Damon dal Portale quando ci siamo caduti dentro. La sfera non è caduta con noi. Per quanto ne so, potrebbe essere stata presa a calci finché tutto il liquido non si è versato nella polvere».

Shinichi si alzò per colpirla di nuovo, ma lei stava solo dicendo la verità. Intervenne Misao. «Sappiamo che non è successo perché io sono...», fece una pausa per prender fiato, «ancora viva».

Rivolse il volto cinereo e incavato verso Shinichi e disse: «Hai ragione. Ormai è inutile ed è piena di informazioni che non dovrebbe avere. Liberati di lei».

L'orco sollevò Bonnie, con asciugamano e tutto. Shinichi andò dall'altro lato e gridò: «Hai visto cosa hai fatto a mia sorella? Hai visto?».

Non c'era più tempo. Solo un istante per chiedersi se sarebbe stata davvero coraggiosa o no. Ma cosa poteva dire per dimostrare il suo coraggio? Aprì la bocca, anche se, a esser sinceri, non sapeva ancora se ne sarebbero uscite urla o parole sensate.

«Sarà ridotta ancora peggio quando i miei amici avranno finito con lei», disse, e dallo sguardo di Misao capì di aver colpito nel segno.

«Gettala fuori», urlò Shinichi, livido di rabbia.

E l'orco la lanciò dalla finestra.

Meredith era seduta con i suoi genitori e cercava di capire quale fosse il problema. Aveva sbrigato in tempo record le sue commissioni: aveva fatto degli ingrandimenti delle scritte sulle urne; aveva chiamato la famiglia Saitou e le avevano detto che avrebbe potuto trovarle tutte a casa all'ora di pranzo. Poi aveva esaminato e catalogato gli ingrandimenti di ciascun carattere delle foto inviate da Alaric.

Le Saitou le erano sembrate... inquiete. Meredith non ne era sorpresa giacché Isobel era stata la prima, anche se innocente, portatrice della mortale possessione dei malach. Una delle vittime più gravemente colpite era proprio il ragazzo fisso di Isobel, Jim Bryce, che aveva preso il malach da Caroline e, senza volerlo, l'aveva passato a Isobel. Jim era stato posseduto da Shinichi e aveva manifestato tutti gli orribili sintomi della sindrome di Lesch-Nyhan. Si era mangiato le labbra e le dita, mentre Isobel si era trafitta una trentina di volte con degli aghi sporchi, grossi quanto ferri da uncinetto, prima di tagliarsi a metà la lingua con un paio di forbici.

Isobel era stata dimessa dall'ospedale ed era in via di guarigione. Tuttavia, Meredith era perplessa. Obaasan, la nonna di Isobel, e sua madre, la signora Saitou, avevano approvato le schede con gli ingrandimenti degli ideogrammi presenti sulle urne, anche se non erano mancate le discussioni in giapponese su ogni ideogramma. Meredith stava per entrare in macchina, quando Isobel era corsa fuori con un sacchetto pieno di post-it in mano. «Li ha fatti mia madre... Nel caso ne avessi bisogno», aveva detto ansimando con la sua nuova voce fioca e piena di difetti di pronuncia. Meredith aveva accettato le note con gratitudine, mormorando impacciata che in qualche modo l'avrebbe ricompensata.

«No, non ce n'è bisogno. Ma potrei dare un'occhiata agli ingrandimenti?», aveva chiesto Isobel con l'affanno. Perché ansimava tanto?, si era chiesta Meredith. Anche se per seguirla avesse fatto di corsa tutto il percorso dall'ultimo piano, era strano che ansimasse in quel modo. Poi si ricordò che Bonnie le aveva detto che Isobel soffriva di palpitazioni.

«Capisci», disse Isobel, fissandola con lo sguardo imbarazzato e supplichevole di chi ha un disperato bisogno di comprensione, «Obasaan ormai è quasi cieca e mia madre ha terminato gli studi molto tempo fa... Io invece sto prendendo lezioni di giapponese adesso».

Meredith s'intenerì. Di certo Isobel aveva pensato fosse maleducato contraddire un adulto quando sua madre e sua nonna erano a portata d'orecchio. Ma lì, seduta in macchina, si era sentita a suo agio e aveva analizzato gli ingrandimenti degli ideogrammi, scrivendo un carattere simile, ma sicuramente diverso, sul retro di ogni scheda. Ci aveva messo venti minuti. Meredith era impressionata. «Ma come fai a ricordarli tutti? Come fate a scrivervi dei messaggi?», disse senza pensare, mentre osservava quei simboli complicati che differivano fra loro solo per qualche linea.

«Usando il vocabolario», disse Isobel, e per la prima volta emise una risatina. «No, dico sul serio. Per una lettera scritta bene e senza errori lascia perdere il dizionario dei sinonimi o il controllo ortografico...»

«Ma non mi servono per scriverci qualcosa!», disse ridendo Meredith.

Era stato un bel momento. Entrambe sorridevano, rilassate. Era tutto tranquillo. Anche il cuore di Isobel sembrava a posto.

Poi Isobel l'aveva salutata in fretta ed era tornata a casa. Appena se n'era andata, Meredith era rimasta a guardare una macchia tonda di umidità sul sedile. Una lacrima. Ma perché Isobel avrebbe dovuto piangere?

Perché le aveva fatto tornare in mente il malach o Jim?

Perché ci sarebbero voluti parecchi interventi di chirurgia plastica prima che riavesse delle vere orecchie al posto di quei moncherini scarnificati?

Meredith non era riuscita a darsi una risposta sensata. E aveva dovuto affrettarsi per tornare a casa dai suoi: era già in ritardo.

Fu solo più tardi che Meredith si soffermò su un particolare. La famiglia Saitou sapeva che Bonnie e Matt erano suoi amici. Ma nessuno le aveva chiesto di loro.

Strano.

Se solo avesse saputo che la visita alla sua famiglia sarebbe stata ancora più strana...

20

Meredith di solito trovava i suoi genitori divertenti, sciocchi e adorabili. Erano sempre solenni sulle cose sbagliate, ad esempio le dicevano: «Tesoro, assicurati di conoscere bene Alaric prima di...». Meredith non aveva proprio nessun dubbio su Alaric, ma lui era uno di quegli innamorati sciocchi e adorabili che parlano tanto senza giungere mai al dunque.

Quando arrivò, fu sorpresa di non trovare il solito sciame di automobili intorno alla dimora avita. Forse erano rimasti tutti a casa a combattere contro i propri figli. Mise la sicura alla sua Honda Acura, poiché aveva lasciato in macchina i doni preziosi di Isobel, e suonò il campanello. I suoi genitori si affidavano ai vecchi metodi: la porta era chiusa con una catenella di sicurezza.

Janet, la governante, sembrava felice di vederla ma nervosa. "Bene", pensò Meredith, "hanno scoperto che la loro unica e obbediente figliola ha rovistato in soffitta. Forse vogliono indietro il bastone. Forse avrei dovuto lasciarlo alla pensione".

Ma capì che la questione era davvero seria solo quando entrò in soggiorno e vide la grande poltrona reclinabile di lusso della La-Z-Boy, il trono di suo padre: era vuota. Suo padre era seduto sul divano e teneva fra le braccia sua madre, che stava singhiozzando.

Aveva portato con sé il bastone e sua madre, appena lo vide, scoppiò di nuovo in un pianto dirotto.

«Sentite», disse Meredith. «Non c'è bisogno di farla tanto tragica. Ho avuto una buona intuizione su quello che è successo. Se volete dirmi la verità su come io e la nonna siamo state ferite, è una vostra scelta. Ma se io fossi stata... contaminata in qualche modo...».

Si fermò. Non riusciva a crederci. Suo padre le stava tendendo la mano, come se non gliene importasse nulla dei vestiti sporchi e sgualciti che aveva indosso. Si avvicinò lentamente, sentendosi a disagio, e si lasciò abbracciare dal padre, che la strinse incurante del proprio abito Armani, che si sarebbe sporcato. Sul tavolino, di fronte a sua madre, c'era un bicchiere con gli ultimi sorsi di un liquido nerastro, che sembrava coca cola. Ma Meredith avrebbe scommesso che non c'era solo coca cola nel bicchiere.

«Speravamo che questo fosse un luogo di pace», declamò suo padre. Ogni volta che suo padre apriva bocca faceva un'orazione. Alla fine ci si faceva l'abitudine. «Non ci sognavamo nemmeno...». S'interruppe. Meredith era sbalordita. Suo padre non si fermava mai nel mezzo di un'orazione. Non faceva pause. E di sicuro non piangeva.

«Papà! Papino! Che c'è? Sono venuti dei ragazzi? Si comportavano in modo strano? Hanno ferito qualcuno?»

«Dobbiamo dirti la verità su quello che è successo tanto tempo fa», disse suo padre. Il suo tono era così disperato che non sembrava affatto un'orazione. «Quando siete stati... aggrediti».

«Dal vampiro? O dal nonno? Lo sai?».

Seguì una lunga pausa. Sua madre vuotò il contenuto del bicchiere e chiese: «Janet, un altro, per favore».

«Gabriella, insomma...», disse suo padre in tono di rimprovero.

«Nando... Non riesco a sopportarlo. Il pensiero che la *mi hija inocente*...».

Meredith disse: «Sentite, credo di potervi semplificare le cose. Io so già... Be', prima di tutto, so di avere un fratello gemello».

I suoi genitori sembravano sconvolti. Restarono senza fiato e si abbracciarono. «Chi te l'ha detto?», chiese suo padre. «Chi può saperlo lì alla pensione...?»

Un momento di calma. «No, no, papà. L'ho scoperto... Be', me ne ha parlato il nonno». In parte era vero. Suo nonno le aveva parlato. Non di suo fratello però. «Comunque, è così che ho avuto il bastone. Ma il vampiro che ci ha aggrediti è morto. Era il serial killer, quello che ha ucciso Vickie e Sue. Si chiamava Klaus».

«Credi che ci fosse solo un *vampiro* in circolazione?», si lasciò sfuggire sua madre. Pronunciò la parola con l'accento spagnolo. Meredith trovava che la rendesse più spaventosa.

Le sembrò che tutto cominciasse a rallentare intorno a lei.

«È solo una congettura», disse suo padre. «Non siamo davvero sicuri che ce ne fossero altri oltre a un vampiro molto potente».

«Ma sapete di Klaus… Com'è possibile?»

«L'abbiamo visto. Era lui il vampiro potente. Ha ucciso con un solo colpo le guardie di sicurezza al cancello. Ci siamo trasferiti in un'altra città. Speravamo che non sarebbe mai stato necessario dirti che avevi un fratello». Suo padre si passò una mano sugli occhi. «Tuo nonno parlò con noi, subito dopo l'attacco. Ma il giorno dopo… nulla. Smise di parlare del tutto».

Sua madre affondò la testa fra le mani. L'alzò solo per dire: «Janet, un altro, *por favor*!».

«Subito, signora». Meredith scrutò gli occhi azzurri della governante per cercare la soluzione del mistero, ma non trovò nulla. Compassione, non aiuto. Janet se ne andò con il bicchiere vuoto e la treccia alla francese che le ondeggiava leggermente sulle spalle.

Meredith si voltò di nuovo verso i suoi genitori, entrambi con i capelli e gli occhi scuri e con la carnagione olivastra. Si stavano di nuovo abbracciando stretti, e la guardavano.

«Mamma, papà, so che è molto difficile da accettare. Ma sto dando la caccia a persone simili a quelle che hanno fatto del male al nonno. E a mia nonna e mio fratello. È pericoloso, ma devo farlo». Assunse una posizione del Taekwondo. «Insomma, siete stati voi a farmi allenare».

«Ma contro un membro della tua famiglia? Come puoi fare una cosa del genere?», strillò sua madre.

Meredith si sedette. Era arrivata al finale della storia che aveva ricordato insieme a Stefan. «Quindi Klaus non l'ha ucciso come la nonna. Ha preso mio fratello con sé».

«Cristian», gemette sua madre. «Era solo *un bebè*. Aveva tre anni! È stato quando vi abbiamo trovato… E il sangue… Oh, il sangue…».

Suo padre si alzò, non per fare un discorso, ma per mettere una mano sulla spalla di Meredith. «Pensavamo che sarebbe stato più facile non dirtelo. Che non avresti ricordato nulla di quanto era successo. E, infatti, non ricordavi, vero?».

Gli occhi di Meredith si riempirono di lacrime. Guardò sua madre, cercando di comunicarle silenziosamente che non riusciva a capire.

«Stava bevendo il mio sangue?», azzardò. «Klaus?»

«No!», gridò suo padre mentre sua madre mormorava preghiere.

«Allora stava bevendo quello di Cristian». Meredith era inginocchiata per terra, con gli occhi rivolti al viso di sua madre.

«No!», gridò di nuovo suo padre. Gli si strozzò la voce in gola.

«*La sangre*!», ansimò sua madre, coprendosi gli occhi. «Il sangue!».

«*Querida*…». Suo padre proruppe in singhiozzi e si avvicinò alla moglie.

«Papà!». Meredith lo seguì e lo scosse per il braccio. «Hai escluso tutte le possibilità! Non capisco! Chi stava bevendo sangue?»

«Tu! Tu!», strillò sua madre. «Da tuo fratello! Oh, *el aterrorizar*!».

«Gabriella!», gemette suo padre.

Sua madre si abbandonò al pianto.

Meredith si sentì girare la testa. «Io non sono un vampiro! Io do la caccia ai vampiri e li uccido!».

«Disse», mormorò suo padre con voce rauca, «“Controllate che ne prenda almeno un cucchiaino a settimana. Se volete che viva. Provate con il sanguinaccio”. E intanto rideva».

Meredith non ebbe bisogno di chiedere se avessero obbedito. A casa sua si mangiavano salsicce al sangue o sanguinaccio almeno una volta a settimana. Era cresciuta con quella roba. Per lei non era niente di speciale.

«Perché?», bisbigliò Meredith con voce strozzata. «Perché non mi ha uccisa?»

«Non lo so! Non lo sappiamo ancora! Quell'uomo era fradicio di sangue... Il tuo sangue, quello di tuo fratello, non lo sappiamo! E poi all'ultimo minuto vi ha afferrati entrambi, ma tu gli hai morso una mano fino all'osso», disse suo padre.

«E rideva... Rideva! Con i tuoi denti conficcati nella mano e le tue manine che cercavano di respingerlo. E disse: "Questa ve la lascio. Sta a voi preoccuparvi di cosa diventerà. Prendo con me il ragazzo". D'un tratto mi sembrò di essermi liberato da un incantesimo, perché stavo di nuovo cercando di raggiungerti, pronto a lottare per te e tuo fratello. Ma non ci riuscii! Dopo averti presa, non riuscii a muovere un altro passo. Lui se ne andò, continuando a ridere, e portò con sé tuo fratello Cristian».

Meredith rifletté. Non c'era da meravigliarsi che non avessero mai cercato di ricordare quel giorno con feste o anniversari. Sua nonna era morta, suo nonno era impazzito, suo fratello era stato rapito e lei... Cosa era diventata? Non c'era da meravigliarsi che festeggiassero il suo compleanno una settimana prima.

Cercò di restare calma. Il mondo stava cadendo a pezzi intorno a lei, ma doveva restare calma. Da sempre era il suo modo per affrontare i problemi, per restare in vita. Senza bisogno di contare, cominciò a respirare profondamente, inspirando con il naso ed espirando con la bocca. Respiri profondi e purificatori. Rilassavano il suo corpo, le davano pace. Solo una parte della sua mente ascoltava sua madre: «Quella notte tornammo a casa presto perché io avevo mal di testa...»

«Ssh, *querida*...», cominciò suo padre.

«Tornammo in anticipo», gemette sua madre. «*O Virgen Bendecida*, che cosa avremmo trovato se fossimo arrivati tardi? Avremmo perso anche te! La mia bambina! La mia bambina con la bocca sporca di sangue...»

«Ma siamo tornati in tempo per salvarla», disse con voce rauca il padre, come se cercasse di risvegliare sua moglie da un incantesimo.

«Ah, gracias, Princesa Divina, Virgen pura y impoluta...». Sembrava che sua madre non riuscisse a smettere di piangere.

«Papà», disse Meredith con impazienza. Era dispiaciuta per sua madre, ma aveva un disperato bisogno di informazioni. «L'avete mai rivisto? O avete sentito parlare di lui? Di mio fratello, Cristian?»

«Sì», rispose suo padre. «Oh, sì, abbiamo visto qualcosa».

Sua madre ansimò: «Nando, no!».

«Dovrà sapere la verità prima o poi», disse suo padre. Rovistò fra alcune cartelle sulla scrivania. «Guarda!», disse a Meredith. «Guarda questo».

Meredith lo fissò con totale incredulità.

Nella Dimensione Oscura, Bonnie chiuse gli occhi. Era molto ventilato fuori dalla finestra dell'ultimo piano di un grattacielo. Fu l'unica cosa che riuscì a pensare mentre l'orco la teneva sospesa nel vuoto. Poi, ridendo, l'orco la riportò nella stanza e Shinichi disse con una voce terrificante: «Non avrai davvero creduto che ti avremmo lasciata andare senza un approfondito interrogatorio?».

Bonnie all'inizio non capì il senso di quelle parole, poi di colpo le fu tutto chiaro. I suoi rapitori intendevano farle male. Volevano torturarla. Le avrebbero rubato il suo coraggio.

Gli urlò qualcosa. Poi sentì una forte esplosione alle proprie spalle e – *incredibile!* – apparve Damon, con mantello e galloni che lo facevano somigliare a un principe in uniforme.

Damon.

Era così in ritardo che Bonnie da tempo aveva smesso di contare su di lui. Damon rivolse un sorriso rapido e smagliante a Shinichi, che lo guardava sconvolto. Era rimasto senza parole. Poi disse: «Temo che la signorina McCullough abbia un altro impegno al momento. Ma io tornerò in un baleno a prendervi a calci nel sedere. Provate a fare un passo fuori da questa stanza e vi ucciderò, lentamente. Grazie per il vostro tempo e per la vostra attenzione».

E prima che qualcuno potesse riprendersi dalla sorpresa provocata dalla sua apparizione, afferrò Bonnie e si lanciò come un missile dalla finestra. Tornò verso l'edificio, non in ritirata ma all'attacco, con un braccio teso in avanti, avvolgendo se stesso e Bonnie in una bolla nera e trasparente di Potere. Mandarono in frantumi il falso specchio e, prima che Bonnie potesse rendersi conto di trovarsi in uno spazio vuoto, avevano già raggiunto la parete dell'altra stanza. Poi si schiantarono su un elaborato schermo-finestra, con un video che simulava una vista sull'esterno. Infransero anche quello e sorvolarono una sagoma distesa su un letto. Poi... spaccarono altri muri, altri specchi, per quanto poté capire Bonnie. Aprì a malapena gli occhi per vedere quello che stava succedendo nelle varie stanze. Finalmente...

Non ci furono più pareti da infrangere. Bonnie si aggrappò a Damon come un koala. Non era stupida, sapeva che stavano volando molto in alto. Schierate intorno a loro, a vista d'occhio, c'erano donne che volavano su piccoli veicoli che sembravano un incrocio fra una motocicletta e una moto d'acqua. Senza ruote, naturalmente. I veicoli erano dello stesso colore dei capelli delle donne che li pilotavano. Dorati.

Così la prima parola che Bonnie rivolse al suo soccorritore, dopo che lui aveva scavato un tunnel nell'enorme edificio degli schiavisti per salvarla, fu «*Guardiani*?»

«Indispensabili, considerando che non avevo la minima idea di dove ti avessero portata quei cattivoni e sospettavo che ci fosse un limite di tempo. Questa in realtà era proprio l'ultima delle aste di schiavi che avremmo dovuto controllare. Alla fine... abbiamo avuto fortuna». Per essere uno che aveva appena avuto un colpo di fortuna, aveva parlato in modo un po' strano. Gli si era quasi strozzata la voce in gola.

Calde lacrime bagnarono le guance di Bonnie, ma il vento le spazzò via prima che potesse asciugarle con la mano. Damon la teneva in modo che lei potesse guardarlo in faccia, e la stringeva molto forte.

Era davvero lui. Aveva chiamato la cavalleria e, nonostante gli ingorghi che paralizzavano tutta la città, l'aveva trovata.

«Ti hanno fatto del male, non è vero, piccolo pettirosso? Ho visto... ho visto che faccia avevi», disse Damon con quell'inedita voce soffocata dalla commozione. Bonnie non sapeva cosa dire. Non importava quanto lui la stringesse. Lei si ritrovò a stringerlo ancora più forte.

All'improvviso, con suo enorme stupore, Damon sciolse la sua presa da koala, la sollevò e le diede un dolcissimo bacio sulle labbra. «Piccolo pettirosso! Ora devo andare a fargliela pagare per quello che ti hanno fatto».

Bonnie rispose d'impulso. «No, non andare».

«No?», ripeté Damon, sconcertato.

«No», disse Bonnie. Voleva che Damon restasse con lei, ne aveva bisogno. Non le importava di Shinichi. Nel suo cuore c'era un crescente sentimento di tenerezza, ma nella sua mente regnava un'attività febbrile. Era davvero un peccato, ma sentiva che stava per perdere i sensi.

A momento, aveva tre pensieri in mente, tutti molto lucidi. Temeva che in seguito, dopo lo svenimento, non sarebbero stati altrettanto chiari. «Hai una sfera stellata?»

«Ne ho ventotto», rispose Damon e le rivolse uno sguardo interrogativo.

Non era quello che intendeva Bonnie; a lei ne serviva una vergine, per registrarci sopra. «Riesci a tenere a mente tre cose?», gli chiese.

«Puoi scommetterci». Stavolta Damon le diede un leggero bacio sulla fronte.

«Primo, hai mandato a monte la mia morte coraggiosa».

«Possiamo sempre tornare, così puoi fare un altro tentativo». Lo disse con il suo solito tono, non più con quella strana voce strozzata.

«Secondo, mi hai lasciata in quella topaia per una settimana...». Come se potesse leggergli nella mente, vide che quelle parole l'avevano ferito come una spada di legno. La strinse tanto forte che

Bonnie non riusciva più a respirare. «Io... Non volevo. In realtà, sono passati solo quattro giorni, ma non avrei mai dovuto lasciarti lì», disse.

«Terzo». La voce di Bonnie si abbassò fino a diventare un bisbiglio. «Non credo affatto che quella sfera stellata sia stata rubata. Ciò che non è mai esistito non può essere rubato, giusto?».

Lo guardò. Damon ricambiò lo sguardo in un modo che, in circostanze normali, l'avrebbe emozionata. Pendeva dalle sue labbra con disperata, spudorata curiosità. Ma Bonnie ormai era a malapena cosciente.

«E... quarto...», disse lentamente, sforzandosi di restare sveglia.

«Quarto? Avevi detto tre cose». Damon sorrise, poi tornò subito serio.

«Devo dirti questo...». Abbandonò la testa sulla spalla di Damon, radunò tutte le sue energie e si concentrò.

Damon allentò un po' la stretta. Disse: «La telepatia non funziona: sento un mormorio molto basso nella mia testa. Dimmelo a voce e basta. Ormai siamo lontani, non può sentirci nessuno».

Bonnie non si arrese. Spremette ogni cellula del suo corpo minuto per ricavarne le ultime energie e gli spedì un pensiero con la forza di uno sparo. Era piuttosto sicura che Damon l'avesse colto.

Quarto, conosco la strada per i leggendari sette tesori kitsune, gli disse. *Uno dei quali è la più grande sfera stellata che sia mai stata creata. Ma se la vogliamo, dobbiamo arrivarci... in fretta.*

Poi, sentendo di aver contribuito a sufficienza alla conversazione, svenne.

21

C'era qualcuno che continuava a bussare alla porta della camera di Stefan.

«È un picchio», disse Elena, appena riuscì a parlare. «Di solito bussano, non è vero?»

«Alle porte delle camere?», disse Stefan, ancora frastornato dal sonno.

«Ignoralo e andrà via».

Un secondo dopo i colpi ricominciarono.

Elena piagnucolò. «Non ci posso credere».

Stefan sussurrò: «Vuoi che ti porti la sua testa? Staccata dal collo, magari?».

Elena ci pensò su. Mentre i colpi alla porta si facevano più insistenti, la confusione lasciava il posto alla preoccupazione. «Sarà meglio andare a vedere se è davvero un uccello», disse.

Stefan si staccò da lei e rotolò verso il bordo del letto, infilò i jeans e si diresse barcollando verso la porta. Suo malgrado, Elena compativa chiunque fosse dall'altra parte.

I colpi ricominciarono.

Stefan afferrò la maniglia e quasi scardinò la porta.

«Che dia...». S'interruppe, moderando subito la voce. «*Signora Flowers*?»

«Sì», disse la signora Flowers, distogliendo lo sguardo da Elena, che era al centro della sua visuale, coperta solo dal lenzuolo.

«Si tratta della povera, cara Meredith», continuò. «È in un tale stato. Ha detto che ha bisogno di vederti *subito*, Stefan».

La mente di Elena cambiò rotta, fluida e rapida come un treno sulle rotaie. Meredith? Sconvolta? Che chiedeva di vedere Stefan anche se, senza dubbio, la signora Flowers le aveva delicatamente fatto notare che in quel momento Stefan era piuttosto… occupato?

La sua mente era ancora saldamente connessa a quella di Stefan. Lui disse: «Grazie, signora Flowers. Scendo fra un minuto».

Mentre s'infilava i vestiti il più in fretta possibile, rannicchiata sul bordo del letto, Elena aggiunse un suggerimento telepatico.

«Forse potrebbe prepararle una bella tisanina… cioè, una tazza di tè?», propose Stefan.

«Sì, caro, che bella idea», disse con gentilezza la signora Flowers. «E se dovessi vedere Elena, potresti dirle che la cara Meredith ha chiesto anche di lei, per favore?»

«Certo», rispose Stefan. Poi si girò e chiuse in fretta la porta.

Elena gli diede il tempo di mettersi la maglietta e le scarpe, poi scesero di corsa in cucina, dove Meredith non li aspettava seduta davanti a una bella tazza di tè, ma camminava avanti e indietro come un leopardo in gabbia.

«Cosa…», cominciò Stefan.

«Ti dico io cosa non va, Stefan Salvatore! No, dimmelo tu! Prima eri nella mia testa, quindi dovresti saperlo. Avresti dovuto capire – e dirmi – cosa sono».

Elena era ancora connessa alla mente di Stefan. Percepì il suo smarrimento. «Che cosa avrei dovuto dirti?», chiese lui con dolcezza, scostando una sedia dal tavolo perché Meredith potesse sedersi. Il semplice atto di sedersi, di fermarsi per rispondere a domande poste con cortesia, sembrò calmarla un poco. Ma Elena percepiva ancora paura e sofferenza, come il tocco di una spada d'acciaio sulla lingua.

Meredith accettò un abbraccio e si calmò ancora un po'. Somigliava meno a un animale in gabbia e più alla ragazza tranquilla che era sempre stata. Ma la sua lotta interiore era così evidente e viscerale che Elena non osò sciogliere l'abbraccio, nemmeno quando la signora Flowers posò sul tavolo quattro tazze di tè e si accomodò sulla sedia offertale da Stefan.

Infine si sedette anche Stefan. Sapeva che Elena sarebbe rimasta in piedi o avrebbe preso una sedia oppure avrebbe scelto di condividere quella di Meredith, in ogni caso sarebbe stata lei a scegliere.

La signora Flowers mescolò delicatamente il miele nella sua tazza, poi lo passò a Stefan che a sua volta lo diede a Elena. Lei ne mise appena una punta nella tazza di Meredith, come piaceva a lei, e lasciò che si sciogliesse mescolando piano.

Il suono familiare e garbato dei cucchiaini che tintinnavano dolcemente, parve calmare ancora di più Meredith. Prese la tazza che le porgeva Elena e sorseggiò piano il tè, poi bevve avidamente.

Elena percepì il sollievo nella mente di Stefan quando l'agitazione di Meredith sembrò placarsi ancora un po'. Lui sorseggiò educatamente il suo tè. Era a base di erbe e bacche dolci; caldo ma non bollente.

«È buono», disse Meredith. Era di nuovo una persona civile. Quasi. «Grazie, signora Flowers».

Elena si sentì sollevata, e abbastanza rilassata da avvicinare a sé la tazza, metterci dentro un bel po' di miele, mescolare energicamente e bere una bella sorsata. Ottimo! Un tè calmante!

È alla camomilla e al cetriolo, le disse Stefan.

«Camomilla e cetriolo», ripeté Elena ad alta voce, con un cenno di approvazione. «Ha proprietà calmanti». Poi arrossì, perché la signora Flowers le aveva rivolto un caloroso sorriso: ovvio, lo sapeva già.

Elena mandò giù in fretta qualche altra sorsata di tè, e osservò Meredith che faceva altrettanto. Sembrava quasi che tutto fosse tornato alla normalità. La sua amica era tornata in sé, non somigliava più a una bestia selvaggia. Elena le strinse forte la mano.

C'era solo un problema. Gli esseri umani sono meno spaventosi delle belve, ma possono piangere. Ora Meredith, che non piangeva mai, tremava, e dal suo volto le lacrime cadevano goccia a goccia nel tè.

«Sai cos'è un *morcillo*, vero?», le chiese Meredith alla fine.

Lei annuì, esitante. «L'abbiamo mangiato qualche volta a casa tua, cotto in umido», disse. «Nelle *tapas*, vero?». Elena ci era cresciuta con le salsicce al sangue, servite a pranzo o come spuntino a casa della sua amica, e considerava quelle mini-porzioni una specialità della signora Sulez.

Elena si accorse che Stefan aveva avuto un tuffo al cuore. Fece correre lo sguardo da lui a Meredith.

«Ho scoperto che mia madre non li preparava da sempre», disse Meredith, fissando Stefan. «E i miei genitori avevano ottime ragioni per cambiare la data del mio compleanno».

«Diccelo e basta», suggerì dolcemente Stefan. Allora Elena percepì qualcosa di nuovo. Qualcosa che si sollevava, come un'onda... Si espandeva come l'ondata lunga e dolce della marea e mormorava al centro del cervello di Meredith. Diceva: *Sfogati e cerca di restare calma. Non provare rabbia né paura.*

Ma non era telepatia. Meredith sentiva quelle parole nel sangue e nelle ossa, ma non le udiva con le orecchie.

Era Influenza. Prima che Elena potesse spaccare la tazza in testa al suo amato Stefan per aver usato l'Influenza su una delle sue amiche, lui le disse, in privato: *Meredith sta male, è furiosa e spaventata. Ne ha tutte le ragioni, ma ha bisogno di pace. È probabile che io non riesca a controllarla a lungo, ma ci voglio provare.*

Meredith si asciugò le lacrime. «Ho scoperto che quella notte, la notte del mio terzo compleanno... non è affatto successo ciò che credevo».

Riferì quanto le avevano detto i suoi genitori, su Klaus e su ciò che aveva fatto. Raccontare quella storia, anche se con calma, distrusse tutte le influenze benefiche e rilassanti che l'avevano aiutata a controllarsi. Ricominciò a tremare. Prima che Elena potesse fermarla, si alzò e cominciò ad camminare su e giù per la stanza. «Scoppiò a ridere e disse che avrei dovuto bere del sangue ogni settimana – sangue animale – o sarei morta. Non tanto. Sarebbero stati sufficienti un paio di cucchiaini. E la mia povera madre non voleva perdere un'altra figlia. Fece come le era stato detto. Ma che succederebbe se bevessi una quantità maggiore di sangue, Stefan? Che succederebbe se bevessi il *tuo*?».

Stefan stava pensando. Cercava disperatamente di capire se in passato, nei suoi anni di esperienza, si fosse mai imbattuto in un caso del genere. Nel frattempo rispose alla domanda più semplice.

«Se bevessi il mio sangue, diventeresti un vampiro. Ma chiunque lo diventerebbe. L'unica differenza è che a te basterebbe qualche goccia. Quindi non devi permettere a nessun vampiro di scambiare il sangue con te, e devi fare attenzione, perché potrebbero scambiarlo a tua insaputa. Una sola volta sarebbe sufficiente».

«Quindi io *adesso* non sono un vampiro? Non sono nemmeno una sottospecie? Esistono diverse specie di vampiri?».

Stefan rispose con gravità. «In vita mia non ho mai sentito parlare di "diverse specie di vampiri", se escludiamo gli Antichi. Posso dirti che non hai l'aura di un vampiro. Hai notato qualcosa di strano nei tuoi denti? Riesci ad allungare i canini? Di solito è meglio provare sulla carne umana. Non sulla tua».

Elena tese subito il braccio, con la vena del polso verso l'alto. Meredith chiuse gli occhi per concentrarsi e vi posò la bocca, facendo un grande sforzo. Elena percepì il disagio dell'amica attraverso la connessione mentale con Stefan. Poi Meredith riaprì gli occhi e spalancò la bocca perché le controllasse i denti. Elena esaminò i suoi canini. Erano un po'appuntiti, ma in fondo tutti hanno i canini aguzzi.

Elena, con cautela, le mise un dito in bocca. Sfiorò con il polpastrello uno dei canini di Meredith.

Sentì un lieve pizzicore.

Trasalì e tirò indietro la mano. Fissò la gocciolina di sangue che le era sgorgata dal polpastrello.

La fissarono tutti, come ipnotizzati. Poi Elena, senza collegare la bocca al cervello, disse: «Hai i denti di un gattino».

Subito dopo, Meredith spinse da parte Elena e riprese a camminare febbrilmente su e giù per la cucina. «Non voglio esserlo!

Non voglio! Sono una cacciatrice, non una vampira! Mi ucciderò se sono una di quelle!». Era terribilmente seria. Elena, attraverso il contatto telepatico con Stefan, vide Meredith che si conficcava il bastone fra le costole. Avrebbe cercato su internet il punto esatto. Un bastone di ebano e frassino le avrebbe trafitto il cuore, placandolo per l'eternità... Sigillando il male che lei, Meredith Sulez, rappresentava.

Calmati! Calmati! L'Influenza di Stefan fluì dentro di lei.

Non la calmò.

«Ma prima devo uccidere mio fratello». Gettò sul tavolo un album di fotografie. «Pare che Klaus, o qualcun altro, le abbia mandate da quando Cristian aveva quattro anni. Nel giorno del mio vero compleanno. *Per anni!* E nelle foto potete vedere i suoi denti da vampiro. Non "da gattino". Quando ho compiuto dieci anni, hanno smesso di mandarle. Ma dalle foto si può vedere che mio fratello è cresciuto! Con i denti appuntiti! E l'anno scorso è arrivata questa».

Elena si lanciò sulla foto, ma Stefan era più vicino e fu più veloce. La fissò sbalordito. «Continua a crescere?», disse. Elena percepì il suo turbamento. E l'invidia. Nessuno aveva dato a lui quella possibilità.

Elena guardò Meredith che continuava a camminare avanti e indietro per la stanza, e poi Stefan. «Ma è impossibile, giusto?», disse. «Io so che se vieni morso è finita. Non cresci più, né invecchi».

«È quello che pensavo anch'io. Ma Klaus era un Antico e chi sa cosa era in grado di fare davvero?», rispose Stefan.

Damon sarà furioso quando lo scoprirà, disse in privato Elena a Stefan, prendendo la foto, anche se l'aveva già vista attraverso gli occhi di Stefan. Damon era piuttosto risentito per il vantaggio di statura di Stefan. Per il vantaggio di chiunque, in realtà.

Elena portò la foto alla signora Flowers e la osservò insieme a lei. Mostrava un ragazzo molto attraente, con i capelli scuri, della stessa sfumatura di quelli di Meredith. Somigliava alla sorella anche nei tratti del viso e nel colorito olivastro. Indossava dei guanti e un giubbotto da motociclista, ma era senza casco. Rideva allegramente, mostrando due file di denti bianchissimi. Si vedeva molto bene che i canini erano lunghi e appuntiti. Elena fece correre più volte lo sguardo dalla foto a Meredith e viceversa. L'unica differenza evidente era che gli occhi del ragazzo erano più chiari. Tutto il resto proclamava: gemelli.

«Ucciderò prima lui», ripeté Meredith, esausta. «Poi me stessa». Tornò barcollando al tavolo e si sedette, facendo quasi ribaltare la sedia.

Elena si avvicinò con discrezione e afferrò le due tazze, per evitare che Meredith le facesse cadere a terra urtandole goffamente con il braccio.

Meredith... goffa! Elena non aveva mai visto la sua amica muoversi in modo goffo e sgraziato. Era davvero preoccupante. Poteva dipendere dal fatto che era – almeno in parte – una vampira? Dai suoi denti da gattina? Rivolse a Stefan uno sguardo apprensivo, notando che anche lui era perplesso.

Entrambi, senza consultarsi, si girarono a guardare la signora Flowers. Lei rispose con un piccolo sorriso di scuse.

«Devo ucciderlo... trovarlo, ucciderlo... prima», mormorava Meredith mentre la sua testa scura si abbassava sul tavolo, crollando infine sulle braccia che le fecero da cuscino. «Trovarlo... Dove? Il nonno... dove? Cristian... Mio fratello...».

Elena rimase silenziosamente in ascolto, finché udì solo il lento respiro del sonno.

«Signora Flowers, l'ha drogata, per caso?», sussurrò.

«*Mama* pensava che fosse la cosa migliore da fare. È una ragazza forte e in salute. Non le farà male dormire fino a domattina. Perché, mi dispiace dirvelo, adesso abbiamo un altro problema».

Elena lanciò un'occhiata a Stefan, notando che aveva il volto tirato per la preoccupazione, e chiese: «Quale?». Non riceveva più nulla dalla connessione telepatica con Stefan. L'aveva chiusa.

Elena si girò verso la signora Flowers. «*Quale?*», ripeté.

«Sono molto preoccupata per il caro Matt».

«Matt», ripeté Stefan, guardando intorno al tavolo come per accertarsi che Matt non era lì. Stava cercando di proteggere Elena dal senso di scoramento che l'aveva colto.

Elena non si allarmò subito. «Non so dove si sia cacciato», disse spensierata. Quando lei e gli altri erano andati nella Dimensione Oscura, Matt era tornato a Fell's Church. Cercò di ricordare i vari posti in cui le aveva detto di essersi nascosto. «Sarà dalla dottoressa Alpert. Forse è uscito con lei a fare qualche commissione o il giro delle visite».

La signora Flowers scosse la testa con espressione tetra. «Temo di no, Elena cara. Sophia – la dottoressa Alpert – mi ha chiamata per dirmi che stava scappando da Fell's Church, e che portava con sé la madre di Matt, la tua famiglia e parecchie altre persone. E non la biasimo per questo, anzi... Ma Matt non era con lei. Ha detto che preferiva restare qui e combattere. Questo è successo intorno alle dodici e mezza».

Elena guardò automaticamente l'orologio della cucina. Fu colta da un brivido di angoscia, che le torse lo stomaco e arrivò fino alle punte delle dita. L'orologio diceva quattro e trentacinque. Erano le quattro e trentacinque del pomeriggio! Ma doveva esserci un errore, forse era fermo. Erano passati solo pochi minuti da quando lei e Stefan avevano stabilito la connessione mentale. La sfuriata di Meredith non poteva essere durata così tanto. Era impossibile!

«Quell'orologio... non funziona!», disse rivolta alla signora Flowers. Allo stesso tempo sentì la voce telepatica di Stefan: *È un effetto della fusione mentale. Volevo fare con calma. Ma ho perso anch'io il senso del tempo... Non è colpa tua, Elena!*

«È colpa mia, invece», rispose Elena ad alta voce. «Non avrei mai dovuto dimenticarmi dei miei amici per un intero pomeriggio! E Matt... Matt non ci avrebbe mai fatti stare in ansia aspettando una sua chiamata! Avrei dovuto chiamarlo io! Avrei dovuto...». Rivolse a Stefan uno sguardo affranto. L'unica cosa che le bruciava dentro, in quel momento, era la vergogna per aver deluso Matt.

«Ho chiamato io al suo cellulare», disse con molta delicatezza la signora Flowers. «Mi ha consigliato *Mama* di farlo, ma è da mezzogiorno e mezzo che chiamo. Matt non risponde. Ho chiamato una volta ogni ora. *Mama* ha detto solo che è il momento di guardare in faccia la realtà».

Elena corse dalla signora Flowers e scoppiò a piangere sul morbido merletto di batista che copriva il collo della vecchia signora. «Ha fatto quello che avremmo dovuto fare noi», disse. «Grazie. Ma ora dobbiamo andare a cercarlo».

Si girò di scatto verso Stefan. «Puoi portare Meredith nella camera da letto al primo piano? Toglile solo le scarpe, non c'è bisogno di metterla sotto le coperte. Signora Flowers, se lei rimane qui da sola, lasciamo Talon e Saber a farle da guardia. Comunque ci teniamo in contatto con i cellulari. Perlustreremo ogni casa di Fell's Church, ma temo che prima dovremo dare un'occhiata al boschetto...».

«Aspetta, Elena, mia cara». La signora Flowers aveva gli occhi chiusi. Elena aspettò, spostando con impazienza il peso da un piede all'altro. Stefan era appena tornato dalla stanza in cui aveva lasciato Meredith.

D'un tratto la signora Flowers sorrise, con gli occhi ancora chiusi. «*Mama* è commossa dalla devozione per il vostro amico e dice che farà tutto il possibile per aiutarvi. Dice che Matt non è a Fell's Church. E dice di prendere il cane, Saber. Il falco rimarrà qui a tener d'occhio Meredith mentre noi siamo via». La signora Flowers aprì gli occhi. «In ogni caso tappezzeremo la porta e la finestra della sua stanza con i post-it», aggiunse. «Solo per sicurezza».

«No», disse secca Elena. «Mi dispiace, ma non lascerò lei e Meredith da sole, protette soltanto da un uccello. Vi porteremo con noi, coperte di amuleti, se preferisce, così potremo portare entrambi gli animali. Quando eravamo nella Dimensione Oscura, il cane e il falco lavoravano assieme per proteggerci dagli assalti omicidi di Bloddeuwedd».

«D'accordo», disse subito Stefan, giacché la conosceva abbastanza bene da sapere che rischiavano di discutere per mezz'ora senza che Elena si muovesse di un centimetro dalla sua posizione. Doveva esserne consapevole anche la signora Flowers, perché, con la stessa prontezza, si alzò e andò a prepararsi.

Stefan portò Meredith in macchina. Elena chiamò Saber con un fischio. Il cane, che sembrava più grande che mai, fu subito ai suoi piedi. Poi corse per le scale, diretta alla stanza di Matt. Era pulita, purtroppo, ma Elena pescò un paio di slip nello spazio tra il letto e il muro. Li diede a Saber, che prese subito ad annusarli deliziato. Tuttavia Elena non riusciva ancora a star ferma, quindi corse nella stanza di Stefan, prese il diario da sotto il materasso e cominciò a scribacchiare.

Caro Diario,
non so cosa fare. Matt è scomparso. Damon ha portato Bonnie nella Dimensione Oscura. Ma si starà prendendo cura di lei?

Non c'è modo di saperlo. Né possiamo aprire anche noi un Portale e seguirli. Temo che Stefan ucciderà Damon, e se dovesse succedere qualcosa – qualsiasi cosa – a Bonnie, desidererò ucciderlo anch'io. Oh, Dio, che disastro!

E Meredith… Proprio lei, a quanto pare, aveva più segreti di tutti noi messi insieme.

A me e a Stefan non resta che farci forza l'un l'altro e pregare. È passato così tanto tempo da quando è cominciata la nostra guerra con Shinichi! Sento che la fine è quasi arrivata… e ho paura.

***

«Elena!». Sentì la voce di Stefan che la chiamava dal vialetto. «Siamo tutti pronti!».

Infilò in fretta il diario sotto il materasso. Trovò Saber ad aspettarla sulle scale e lo seguì di corsa al piano di sotto. La signora Flowers aveva due soprabiti ricoperti di amuleti.

Uscì. Al lungo suono del clacson di Stefan fece eco un verso stridulo dall'alto, ed Elena vide una piccola sagoma scura che tracciava cerchi nel cielo d'agosto, striato di leggeri cirri bianchi.

«Capisce tutto», disse Stefan, sedendosi al volante. Elena si accomodò sul sedile posteriore, dietro di lui, lasciando alla signora

Flowers il posto davanti. Stefan aveva messo Meredith al centro del sedile posteriore e le aveva allacciato la cintura, così che Saber potesse stare di lato e tenere il suo testone ansimante fuori dal finestrino.

«E adesso», disse Stefan, sovrastando il ronzio del motore, «dove andiamo esattamente?».

INDICE

Di Lisa Jane Smith la Newton Compton ha pubblicato

Il diario del vampiro

Il risveglio
La lotta
La furia
La messa nera
Il ritorno
Scende la notte
L'anima nera
L'ombra del male
Mezzanotte
La genesi
Sete di sangue
Strane creature

La setta dei vampiri

Il segreto
Le figlie dell'oscurità
L'incantesimo
L'angelo nero
La prescelta
L'anima gemella
La cacciatrice
L'alba oscura

Dark Visions

Il dono
Il vampiro della mente
La passione

Il gioco proibito

La casa degli orrori
L'inseguimento
L'ultima mossa

I diari delle streghe

L'iniziazione
La prigioniera
La fuga
Il potere

La notte del solstizio

Nuova Narrativa Newton

FRANCO MATTEUCCI, *Il profumo della neve*
NAGIB MAHFUZ, *Il Settimo Cielo*
COLLEEN GLEASON, *Cacciatori di vampiri*
JAMES VANORE, *Il vangelo dei vampiri*
LISA JANE SMITH, *Il diario del vampiro. Il risveglio*
NAGIB MAHFUZ, *Karnak Café*
COLLEEN GLEASON, *La condanna del vampiro*
STUART MACBRIDE, *La casa delle anime morte*
WHITLEY STRIEBER, *2012 L'apocalisse*
NANCY KILPATRICK, *La rinascita del vampiro*
NAGIB MAHFUZ, *Autunno egiziano*
LISA JANE SMITH, *Il diario del vampiro. La lotta*
LISA JANE SMITH, *Il diario del vampiro. La furia*
La maledizione del vampiro, a cura di PETER HAINING
Vampiri!, a cura di STEPHEN JONES
LISA JANE SMITH, *Il diario del vampiro. La messa nera*
COLLEEN GLEASON, *La rivolta dei vampiri*
LISA JANE SMITH, *I diari delle streghe. L'iniziazione*
LISA JANE SMITH, *Il diario del vampiro. Il ritorno*
CHRISTOPHER LINCOLN, *Billy Bones. L'armadio dei segreti*
GIULIO CASTELLI, *Gli ultimi fuochi dell'impero romano*
BINA SHAH, *Il bambino che credeva nella libertà*
VITO BRUSCHINI, *The Father. Il padrino dei padrini*
SIMON SCARROW, *Sotto l'aquila di Roma*
LISA JANE SMITH, *I diari delle streghe. La prigioniera*
COLLEEN GLEASON, *Il crepuscolo dei vampiri*
STUART MACBRIDE, *Il collezionista di occhi*
NANCY KILPATRICK, *Gli amori del vampiro*
LISA JANE SMITH, *Il diario del vampiro. Scende la notte*
AZADEH MOAVENI, *Viaggio di nozze a Teheran*
LISA JANE SMITH, *I diari delle streghe. La fuga*
Sul tetto del mondo, a cura di JON E. LEWIS
MASSIMO LUGLI, *Il Carezzevole*
HARRY SIDEBOTTOM, *Il guerriero di Roma. Il re dei re*
LISA JANE SMITH, *I diari delle streghe. Il potere*
COLLEEN GLEASON, *Il bacio del vampiro*
L'ultima scalata, a cura di HAMISH MACINNES
VERONICA Q, *Vietato ai minori*

DAVID IGNATIUS, *Attacco a Teheran*
ANDREA FREDIANI, *Dictator. L'ombra di Cesare*
CHRIS PRIESTLEY, *Le terrificanti storie di zio Montague*
GAILE PARKIN, *Africa Social Club*
SIMON SCARROW, *Il gladiatore*
LISA JANE SMITH, *Il diario del vampiro. L'anima nera*
FABIO DELIZZOS, *La setta degli alchimisti. Il segreto dell'immortalità*
MAHBOD SERAJI, *Le notti di Teheran*
CHRISTOPHER LINCOLN, *Billy Bones. Sulla strada per Maipiù*
Wolfmen. Storie di lupi mannari, a cura di STEPHEN JONES
FRANCO MATTEUCCI, *Lo show della farfalla*
ROBERTO GENOVESI, *La legione occulta dell'impero romano*
NAGIB MAHFUZ, *Per le strade del Cairo*
MICHELLE MORAN, *La regina eretica. Il romanzo di Nefertari*
STEPHANIE SALDAÑA, *La sposa di Damasco*
TOM HARPER, *La città dei libri proibiti*
RAYMOND KHOURY, *Il segno di Dio*
STEVE ALTEN, *2012 La resurrezione*
LISA JANE SMITH, *Il diario del vampiro. L'ombra del male*
OLLE LÖNNAEUS, *Il bambino della città ghiacciata*
SIMON SCARROW, *Roma alla conquista del mondo*
MICHAEL WHITE, *L'anello dei Borgia*
ELIZABETH ESLAMI, *Il mio matrimonio combinato*
VICTORIA COREN, *I love poker*
LAWRENCE ANTHONY con GRAHAM SPENCE, *L'uomo che parlava agli elefanti*
ANDREA FREDIANI, *Dictator. Il nemico di Cesare*
JENNIFER JORDAN, *La scalata impossibile*
MARTIN BOOTH, *The American*
MISCHA HILLER, *Fuga dall'inferno. Una storia palestinese*
TORSTEN PETTERSSON, *A L'alfabetista*
PIERO DEGLI ANTONI, *Blocco 11. Il bambino nazista*
ÀLEX ROVIRA - FRANCESC MIRALLES, *L'ultima risposta di Einstein*
ROXANA SABERI, *Prigioniera in Iran*
SCARLETT THOMAS, *Il nostro tragico universo*
WHITLEY STRIEBER, *Omega point. Al di là del 2012*
PAOLO DI REDA - FLAVIA ERMETES, *Il labirinto dei libri segreti*
ANN FEATHERSTONE, *Il circo maledetto*
ANDREA FREDIANI, *Dictator. Il trionfo di Cesare*
GIULIO CASTELLI, *476 A.D. L'ultimo imperatore*
Alla fine del mondo. Le grandi avventure polari, a cura di JON E. LEWIS
ANN BRASHARES, *Grande amore*
FEDERICO GHIRARDI, *Bryan di Boscoquieto e la Maledizione di Morpheus*
VITO BRUSCHINI, *Vallanzasca*
CHRISTOFFER CARLSSON, *Lo strano caso di Stoccolma*
LORENZO BORGHESE, *I segreti di una principessa*
PATRICK WOODHEAD, *Il tempio degli eterni*
LOREDAN, *La spia del Doge. Leonora e i misteri di Venezia*
LORENZA GHINELLI, *Il Divoratore*
ROSS LECKIE, *Hannibal. Il conquistatore*

NAOMI RAGEN, *Una moglie a Gerusalemme*
LISA JANE SMITH, *Il diario del vampiro. La genesi*
GRAHAM BROWN, *La profezia della pioggia maya*
LAURA J. SNYDER, *Il club dei filosofi che hanno cambiato il mondo*
CHARLENE LUNNON - LISA HOODLESS, *Le bambine silenziose*
JESSICA JIJI, *Il profumo dei fiori in Iraq*
NELSON JOHNSON, *Boardwalk Empire*
SIMON SCARROW, *La spada di Roma*
MASSIMO LUGLI, *L'adepto*
DANIEL DEPP, *La città dei senza nome*
KENIZÉ MOURAD, *La principessa ribelle*
PHIL RICKMAN, *I pilastri di Camelot*
CHRISTIAN CAMERON, *Il tiranno*
KATIE ALENDER, *Le cattive ragazze non muoiono mai*
STUART MACBRIDE, *Sangue nero*
OLLE LÖNNAEUS, *Cuore nazista*
FABIO DELIZZOS, *La cattedrale dell'anticristo*
GERARD O' DONOVAN, *Il crocifisso*
HARRY SIDEBOTTOM, *Il guerriero di Roma. Sole bianco*
UNNI LINDELL, *La trappola di miele*
ANDREA FREDIANI, *Marathon*
LISA JANE SMITH, *Il diario del vampiro. Sete di sangue*
FRANCESCO FIORETTI, *Il libro segreto di Dante*
BASHARAT PEER, *Il sogno del soldato bambino*
RAYMOND KHOURY, *L'eredità dei Templari*
LARS RAMBE, *Il mosaico di ghiaccio*
NAGIB MAHFUZ, *Il viaggio di Ibn Fattouma*
FRANCESCA BERTUZZI, *Il carnefice*
ANTONIO SALAS, *L'infiltrato*
LISA JANE SMITH, *Il diario del vampiro. Strane creature*
DAVID GIBBINS, *Il vangelo proibito*
SIMON RICH, *Il compagno di banco*
DOUGLAS JACKSON, *Il segreto dell'imperatore*
ANNA JANSSON, *Il sacrificio*
RAZAN MOGHRABI, *Le donne del vento arabo*
SIMON SCARROW, *La legione*
DANA STABENOW, *CSI Alaska. Primavera di ghiacchio*
LEE MARTIN, *Che fine ha fatto Miss Baby?*
CHRIS PALING, *Il pittore che visse due volte*
MARCELLO SIMONI, *Il mercante di libri maledetti*
SCARLETT THOMAS, *Il giro più pazzo del mondo*
TORSTEN PETTERSSON, *B Il burattinaio*
LISA JANE SMITH, *Il diario del vampiro. Mezzanotte*
JOSS WARE, *I diari delle tenebre. Il bacio della notte*
FRANCISCO J. DE LYS, *Il labirinto sepolto di Babele*
LIN ANDERSON, *L'incendiario*

LISA JANE SMITH

IL DIARIO DEL VAMPIRO
STRANE CREATURE

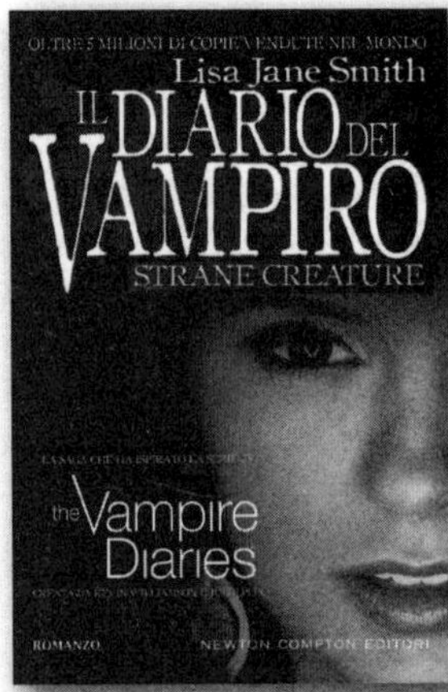

Lisa Jane Smith, è una delle scrittrici di urban fantasy più amate al mondo, e con i suoi libri ha conquistato due generazioni di fan. La Newton Compton ha pubblicato *La notte del solstizio* (il suo primo romanzo) e le sue saghe di maggior successo: *Il diario del vampiro* (*Il risveglio*, *La lotta*, *La furia*, *La messa nera*, *Il ritorno*, *Scende la notte*, *L'anima nera*, *L'ombra del male*, *La genesi*, *Sete di sangue*); *I diari delle streghe*; *La setta dei vampiri*; *Dark Visions* e *Il gioco proibito*. Dalla saga *Il diario del vampiro*, un bestseller internazionale, è stata tratta la serie TV *The vampire diaries*, creata da Kevin Williamson e Julie Plec, finalmente in onda anche in Italia.

Nuova Narrativa Newton n. 296, pp. 208, euro 12,90

Manhattan, fine Ottocento. Lasciata New Orleans dopo il terribile tradimento di suo fratello Damon, Stefan tenta disperatamente di cominciare una nuova vita. Giura che d'ora in poi terrà a freno i suoi istinti di vampiro e non farà mai più del male a nessun umano. Deciso a dimenticare tutto, si aggira in silenzio per le strade della città cercando di scomparire tra la folla...Presto però scoprirà che non può sfuggire al passato: suo fratello è già a New York, e ha grandi piani per il loro futuro insieme. Ma Damon non è il solo a cercarlo: un vecchio nemico lo attende, nascosto nell'ombra. Un nemico più potente e spietato di quanto avrebbe mai potuto immaginare.

NEWTON COMPTON EDITORI